JN090945

二見文庫

ハメるセールスマン

蒼井凜花

目次

ハメるセールスマン

第一章　夫にリベンジ

1

（マジかよ……俺がリストラ……？）

玉木辰男《たまきたつお》は駅までの道のりを、呆然自失で歩いていた。

いや、歩くというよりも、鉛のように重い脚をかろうじて引きずるように前後させていると言ったほうがふさわしい。

（……もう十三年も勤めてたんだぞ）

大きくため息をつく辰男の耳の奥で、人事部長、井本《いもと》の声がリフレインした。

――申し訳ない、社の方針なんだ。悪く思わないでくれ。一時は営業トップまでになった君を切るのは苦渋の決断なんだが……。

弱冠三十五歳にして、不況の波に荒れる大海原に放りだされた。あまりに唐突すぎて、何をすべきかもわからない。

辰男は、ぼんやりとした頭で過去を振りかえった。

(リストラ対象者なら、他にもいるはずだ……まてよ、俺が独身だからか？　いや、独身で居残っている社員だっているぞ)

辰男はしばし考える。

売り上げ、リーダーシップ、企画力、カリスマ性——これと言って飛びぬけた強みはないが、営業畑が長いせいか、それなりの対人スキルとトーク術はあるし、人当たりだって悪くない。

何よりも、一時的だが売り上げトップにのしあがった実績もあるのだ。

(じゃあ、なぜ……？)

無駄なあがきとわかっても、自分の正当性を証明したいのが人間である。

と、そこに、同期入社の川上咲子《かわかみさきこ》からスマホに着信があった。二歳年下の彼女は、同じ釜の飯を食った戦友同然だ。

あわてて通話ボタンを押すと、

「あ〜あ、辰男クン、やらかしちゃったわね」

いささか呆れ調子の声が響いた。

「俺、何かやったか？　辞めさせられるようなこと、何かしでかしたかよ？」

棘のある辰男の物言いに、咲子は、

「アナタ、美和子《みわこ》ちゃんとデートしたでしょう？」

「え」

一瞬の間があった。

美和子というのは、辰男が勤めていた健康機器メーカー「Ｊヘルスケア」に二カ月前から中途採用された二十八歳の女性である。

ロングヘアに楚々とした和風の顔立ち。物静かだが、機転が利いて仕事は早く、何よりも地味な紺の制服を着ても隠せない巨乳が魅力的だった。いわゆる、トランジスタークラマーだ。

デスクが近いせいもあって、話す機会には恵まれた。

彼女の笑顔や弾んだ声から、辰男は自分に好意的だと判断した。

このまま親密になれたら……男なら誰もが思う愛想の良さだった。

ある日の休憩時間、美和子がＰＣでワインバーを検索していたのが目に入った。

辰男は「ワイン、好きなの？　神楽坂に隠れ家的なワインバーがあるんだけど、よかったら一緒にどうかな？」と紳士的に誘った。美和子はつぶらな瞳を輝かせ、

「えっ、いいんですか？　ぜひご一緒させてください」

とんとん拍子にデートが成立。

古い家屋の二階を店舗にしたバーは、ほの暗い間接照明のみが灯り、客同士が顔を合わせぬよう、パーティションで仕切られているまさに隠れ家的な空間だ。

美和子は始終ご機嫌で、よく喋り、ワインを呑み、笑みを絶やさずにいた。

帰り際にタクシー代五千円を渡すと、「次はぜひ、私の行きつけをご紹介させてください」とほろ酔いながらもしっかりとした口調で、満面の笑みでタクシーに乗りこんだ。

単にそれだけのことである。

それが、今回のリストラと何が関係あるというのか？

「あのね辰男クン、美和子ちゃんは井本部長のあ・い・じ・ん」

「へっ？」

「知らなかったの？　っていうか、気づかなかった？」

スマホから乾いた声が返ってきた。

「あの子、清楚に見えるけど元々は六本木のキャバ嬢よ。井本部長が通ってたキャバクラのキャスト！」

「マジかよ」

「ええ、今、証拠画像を送るわ」

通話が切れた。送られてきた画像を見て、辰男はギョッと目を見開いた。

（こ、これが美和子ちゃん……？）

六本木交差点のアマンド前、強面《こわもて》の井本がニヤケて腕を組んで歩いているのは、派手なチェリーピンクのミニドレスに盛り髪で着飾った美和子ではないか。

（……嘘だろ）

信じがたい画像であったが、まぎれもなく美和子だ。

程なくして咲子から着信があり、

「これでわかったでしょう？　色じかけで井本部長をたぶらかして、ちゃっかりうちの会社に中途入社したってわけ。そのお気に入りにチョッカイだしちゃ、粘着質な井本部長の逆鱗に触れるでしょうよ」

咲子の声は、辰男がいかにも鈍感で間抜けだと言わんばかりだ。

「そんな……」

辰男はへなへなとその場に崩れ落ちそうになった。

清楚ぶっていた美和子がキャバ嬢をしていた事実に加え、五十八歳の井本部長の愛人、そのうえ、ちょっと呑みに誘った結果がリストラ——ブラック企業同然の信じがたいトリプルショックである。

(そうか、あの愛想の良さはキャバクラ仕込みか……)

そう気づいたところで、

「でも待てよ！　単に呑みに行っただけで、なんで俺がリストラされるんだよ。手も握っちゃいないんだぞ。それに、嬉しそうに誘いに乗ってきたのは向こうのほうだ！」

辰男は語気を強めた。

「それがね」

咲子のウンザリした声が返ってくる。

「美和子ちゃん、ワインバーの写真をインスタにアップしてなかった？　それが井本部長の目に留まって、『誰と行ったんだ？』と問い詰められたらしいの。で、『女友達です』とか適当に濁しておけばいいものを、なぜか辰男クンのことをバカ正直に話したみたい。その伝え方が『玉木さんがしつこく誘ってくるので、仕方なしに一度だけ付き合いで』ってことになっているようよ。井本部長の気を引くためのモテアピールかもしれないけれど、まったく、女って怖いわねえ」

咲子の同情めいた声に、胸の奥に冷たい石ころを投げられた気持ちになる。

「くそっ！」

辰男は道端に転がっていた空き缶を思い切り蹴りあげた。

「でね……同期のよしみで救いの手を差し伸べようと思ってるの。辰男クンには新人時代からすごくお世話になったし、今の主人を紹介してくれたのも辰男クンだし」

そうだ、咲子のダンナは、辰男の大学時代の先輩である。

「救いの手？」

「ええ、次の就職の当てはないんでしょう？」

「ま、まあな……」

突然のリストラに、再就職のツテなどあるはずなかった。

「私、昔から思ってたの。辰男クンってヒゲもないし、女性でも嫉妬するほどの美肌よね」

「……それがなんだよ」

つっけんどんに返したのは、わずかな照れがあったからである。

並みの容姿だが、母譲りの美肌は、辰男が真っ先に女性に褒められるパーツである。

――すごい色白ね、羨ましい。

――やだ、毛穴がない！

――ずるいわ、男のくせに。

――ちょっと触ってもいい？

という具合だ。

多少は濃くなるかと無理やり剃ったあごヒゲも、まったく生えない剝きたまごのようなツルスベ肌なのだ。

「私の主婦仲間の友人が化粧品会社を経営しているの。美白に特化した『クリス化粧品』って聞いたことあるでしょう？　ちょうど営業マンを募集しているからどうかしら。辰男クンほどの美肌なら間違いなく採用よ。どう、やってみない？」

二カ月後、社員研修を終えた辰男は、指定された目黒駅にほど近いタワーマンションを回ることとなった。

　というのは、咲子に勧められるままクリス化粧品の面接を受け、セールスマンの実績を買われたのだ。予想通り、辰男の美肌は面接官に大いに称賛され「ぜひ我が社に」とあっけないほど早く採用が決まった。

　営業初日、紺のスーツに勝負色の朱赤のネクタイ、ピカピカに磨かれた革靴で、意気揚々とマンションのエントランスに立ち、再度セールスマンのイロハを心の中で復唱する。

　元々、健康機器のセールスマンである。笑顔と丁重な物言い、腰の低さには自信がある。

「よし、出陣だ」

　しかし――

（全滅かよ……まるでとり合ってくれない）

　玄関ホールの部屋番号を押すこと四十数軒、オートロックのインターフォンごしに出た住人は、「化粧品なら間に合ってます」「セールスお断りって貼り紙、見てないの？」「通報しますよ」と、すべてが門前払いである。

　そんな中、二十三階の「夏井《なつい》」と書かれた部屋番号を押すと、

「はーい」

女性の軽やかな声が返ってきた。

「お忙しいところ、すみません。クリス化粧品と申しますが……」

今回も撃沈かと思った矢先、

「化粧品のセールス？　お世話さま。どうぞ」

施錠が外され、自動ドアがスッと開いた

2

「あらあ、男にしておくにはもったいない美肌ね」
重厚な玄関ドアを開けた女性は開口一番、大きな瞳を見開いた。
（うわ、すごい美人！）
ロングヘアを緩く巻いた彼女の年齢は三十前後だろうか。
長いまつ毛に縁どられたアーモンドアイ、すっと伸びた鼻筋にふっくらした唇
――都会的で洗練された端正な美貌で、気さくでさばけた口調が妙に色っぽい。
そのうえ、ボディにフィットしたノースリーブのルームドレスは胸元が大きく

開いており、豊満な乳房の谷間がバッチリ拝める。

(でかっ！　Ｆカップくらいかなあ。こんなに色っぽい部屋着で人前に出るなんて、ＡＶでしか見たことないぞ)

驚きと緊張に反して、辰男の股間がピクンと反応した。

「あ、ありがとうございます。わたくし、クリス化粧品の玉木辰男と申します」

突っ張る股間を気にしながらも、丁重に名刺を手渡すと、

「玉木辰男さんっていうのね。見ためは柔和だけど、名前は強そう」

「はは……よく言われます」

辰男が愛想笑いを返すと、名刺を玄関棚に置いた彼女の左手の薬指に指輪があることに気づいた。

(人妻か……まあこんな高級マンションに住んでるんだ。稼ぎのいいダンナがいるんだろうな)

その時、彼女はその手をスッと伸ばしてきた。

あっと思った時には、ネイルが施された細指で、辰男の頬がさわさわと撫でられていた。

「え……あ、あの……？」

思わず体を硬直させた辰男に、人妻はニッコリ笑みを返し、

「美肌菌、いただき！」

辰男の頬に触れた手を、自分の顔にこすりつけた。

両頬からあご、目の下、額と、手はまんべんなく顔面を行き交っている。

「び、美肌菌……ですか？」

初めて聞く単語をおうむ返しすると、彼女はルージュに艶めく唇を緩めた。

「そうよ、こうやってキレイな肌の人に触れた手で自分の皮膚を撫でると、美肌菌をいただけるの。玉木さんの菌をたっぷりもらうわ」

彼女はさばけた調子で、首から鎖骨、豊満な胸元までも丹念に撫でつけている。

辰男は呆気にとられながらも「あ、そうだ」と、バッグからパンフレットを取りだし、玄関先に置かれた猫脚のミニテーブル上に広げた。

「で……では、さっそく商品のご説明を」

のっけから調子を崩されたものの、ここでしっかり営業して商品購入につなげたい。

一般的な化粧品よりも少々高額だからこそ、定期的に購入してもらえる顧客獲得に専念しなければ。

（ヤバい……アソコが）

熱くなった股間を感じつつ、説明しようとしたその時、

「高っ！」

パンフレットを眺めていた人妻が叫んだ。

「クレンジングジェル一本八千円、化粧水と乳液がそれぞれ一万五千円、美容液と美容オイルも二万円……。しかも三カ月間のエステプランが二十万……ふうん、さぞリッチな顧客ばかりなんでしょうね」

セレブ妻でもさすがにこの価格には驚いたようだ。

「と、当社の化粧品は……パラベンなどの防腐剤は無添加で、プラセンタエキスとローヤルゼリー、スクワランオイルを独自の手法で精製しているため、お値段は少々高めですが、実は、私も使っていますし、その分、より自信を持ってご紹介できます。奥さまの美しさに、さらに磨きを……」

「ふふっ、奥さまって呼び方……くすぐったいわ。美保《みほ》でいいのよ。夏井美保」

妖艶に微笑んだ。そして、

「まあ商品ていうのは何を買うかよりも、誰から購入するかが重要という考えもあるわよね。玉木さんのその美肌は説得力があるわ。それは認める」

「あ……ありがとうございます！」

　思わず声を張りあげたところで、

「焦らないで。まだ買うと決めたわけじゃないんだから。そう言えば、先月のハワイ焼けの跡が気になるのよね」

美保はルームドレスの襟ぐりを広げた。

（おっ）

うっすらと白く残る水着の肩紐の跡に、辰男の股間がいっそういきり立つ。

腰をやや丸め、

「ご安心ください。当社の製品は全品が美白に特化しております。私は全身に使っていますが、透明感がいちだんと増しました」

「あら、顔だけじゃなくボディにも使えるの？」

「はい、顔からボディまで全身ご使用になれます」

「ってことは、洋服の摩擦の黒ずみなんかにも効くかしら？　私、意外と肌がデリケートなのよね」

「えっ？　は、はい……もちろんです。美白美容液は、新陳代謝を促すレチノールと美白成分で、ダブルの効果がありますので」

「じゃあ、乳首の黒ずみなんかにも？」

「えっ、乳首……ですか？」

辰男はまたも返答に詰まってしまう。

（美保さんは羞恥心とか持ち合わせてないのか？　ど直球すぎる！）

「そうだわ、論より証拠！　玉木さんの乳首、見せてちょうだい」

「えっ」

「だって、全身に使ってるんでしょう？」

辰男は面食らった。

実は化粧品など一切使用していない。生まれながらの肌質が、たまたまツルスベ肌だっただけだ。しかし、会ったばかりのセールスマンに、いきなり乳首を見せろなんて言うか？

だが、これも売り上げのためである。ネクタイを外し、Yシャツの胸元を広げる。

淡い桜色の乳輪と乳首が顔をのぞかせると、

「あら、本当に初々しいピンク色」

美保はネイルが施された指先を辰男の胸元に伸ばし、乳首をキュッと摘まんだ。

「うっ」

いきなり乳首を摘ままれた辰男の背が、ビクッとのけぞる。

「ふふっ、硬くなってきた。敏感ね」

乳首がクリッ、クリッと弄《いじ》られる。

「あっ、ダメです。いけません。そんなことをされると……」

「ふふっ、乳首がますます硬くなってきたわよ」

蠱惑《こわく》的に微笑んだ美保は、艶やかな唇を辰男の乳房に近づけ、先端にチュッと吸いついた。

「おおうっ」

生温かな舌先が、ネロネロと蠢《うごめ》くのがわかる。

乳首を吸われるなど、三十五歳にして初めての経験である。十年前に童貞を卒業し、これまで付き合った女性の数は片手で足りるほどと少ないが、思い返すと、セックスに消極的な恥ずかしがり屋の子ばかりで、美保のような奔放な女性はいなかった。

「くうっ……」

ひざがガクガクと震える。尿道口から先走り汁が滲みだしているのがわかる。

もはやフル勃起状態だ。

「あらあら、もうこんなに硬くしちゃって」

美保は、辰男の股間の膨らみに視線を落として、嬉しそうに呟いた。

「ああ、硬いわ……」

玄関先で辰男の乳首を吸いつつ、ズボンごしに肉棒を握ってくる。

「あうっ……そんな」

うろたえる辰男を横目に、しなやかな指でスリスリと上下にしごいてきた。戸惑いとは裏腹に、怒張は火を噴くように熱くたぎり、尿道にむず痒さが這いあがってきた。

「カチカチね。カリの段差までわかっちゃう」

うっとりと目を細めて、熱い吐息をつく。

さすが人妻だけあり、力加減もしごく速度も絶妙である。

と突然、美保は手を止めてベルトを外し、ファスナーをおろしはじめたではないか。

「ちょ、ちょっと困りますっ」

「お宅の化粧品でここもピンクなのか、見てみたいの」

しゃがみこんだ美保は、辰男のズボンと下着を一気におろす。

――ぶるん！

急角度にそそり立つペニスが、バネ仕掛けのように飛びあがった。

「やだ、すごい勢い」

「す、すみません……」

「謝るわりに、ここは生意気ね」

美保は湿った息がかかるほど勃起に顔を近づけ、凝視した。

「……本当、キレイなピンク色だわ。包皮の部分って誰でも黒ずんでるけれど、それが無い……これも化粧品の効果？」

「も、もちろんです……」

実際は違うが、辰男は購入につなげたい一心でうなずいた。

「それにタマタマがおっきい……こんなに肥大したタマ袋、初めて見たわ。ヒゲがないのに男性ホルモンは多いのかしら」

熱い吐息がさらに強く吹きかかった次の瞬間、美保の形のいい唇が開き、ぱくりとペニスを咥えこんだ。

「あっ……ま、待って」

辰男は必死に腰を引くが、美保は「逃がさない」とばかりに、尻たぼに手を回して引きよせる。

ジュボッ、ジュボッと唾音を響かせながらもう一方の手で肉幹を握り、ねぶり回す。よくくねる舌が、敏感な裏スジを中心にチロチロと刺激し、カリのくびれをぐるりと一周した。

「くうっ……はうう」

人妻の熟練した舌技に、思わずだらしない声をあげてしまった。

快楽の痺れが全身に駆け巡り、血液までもが沸騰しそうになる。

会ったばかりの美貌の人妻に、チ×ポをしゃぶられているなんて——。

(ああっ、ヤバいくらい気持ちいい……でも、いくら何でも……このシチュエーションはマズいだろう)

壮絶な愉悦と困惑が行き交う中、美保は唾液にぬめる男根を吐きだすと、

「寝室に行きましょう」

濡れた唇に微笑を浮かべた。

辰男としても、これほどいい女性なら抱きたい。しかし——。

「こ、困ります……美保さんにはご主人がいらっしゃいますし……」

その言葉を聞いて、美保はまなじりをキッとあげた。

目の周りを朱赤に染めた表情が、ひどく色っぽい。

「あのね、結婚している夫婦がすべて円満だと思わないで。二十八歳で結婚して三年、銀行マンの夫は私をもうその辺の家具同然にしか観てないわ。セックスレス街道まっしぐらよ。だから、今日は夫にプチリベンジしたい気分なの」

「プ、プチ……リベンジ……？」

「ええ、復讐ってほど大げさじゃないけれど、ささやかな浮気って感じ……？　夫以外の男性と甘い雰囲気になれば、多少はダンナにも優しくなれるじゃない？」

「そんなものですか……？　で、その相手に……わたくしが？」

「ええ、それにセールスマンの玉木さんにとってもいいチャンスでしょう？」

「いいチャンスって……待ってください。わたくしは商品を売りに……」

「とりあえず、話は寝室で聞くわよ」

美保は辰男の腕を引きながら、磨き抜かれたフローリングの廊下を奥へと進んでいく。

（いいチャンスって……セックス……？　枕営業ってことかよ……いや、それは

ダメだ。もしダンナにバレたら裁判沙汰だし、会社で噂になれば、即クビだぞ）

だが、そう思う一方で、こんな美女とセックスができたらという下心もゼロではない。

「チャンスの女神は前髪だけ」という言葉がある。

幸運の女神には後ろ髪がなく、チャンスが迫ったら飛びつけという意味だ。

今、辰男の脳裏に猛スピードで迫ってくる女神の姿が思い描かれた。前髪を摑まねばチャンスは過ぎさっていく。幸運は見知らぬ誰かの手に落ちる。

まさに決断のタイミングだ。

（どうすればいい……？　もしうまくいけば契約が獲れるかも。でもまさか、ハニートラップじゃないよな？）

逡巡していると、

「もう、モタモタしないで」

美保は、なおも強引に腕を引いてきた。

辰男はひざ上で引っかかるズボンでつんのめりそうになるのを必死にこらえつつ、いまだ硬さを失わぬ勃起を手で覆い、もう一方の手ではビジネスバッグを抱えるという、何とも情けない格好で寝室へ招き入れられた。

（ここが美保さん夫婦のベッドルーム）

部屋の中央にダブルベッドが置かれたベッドルームは、淡いイエローの壁に純白のリネンが映え、高級感と落ち着きを備えている。

レースごしのカーテンから注ぐ陽光が、スポットライトのごとくベッドを照らし、否応なくエロティックな妄想を膨らませた。

（ここでダンナとやってるのか）

夫婦の寝室というのは独特の淫気が漂っている。

美保がここで夫に組みふされている絵面《えづら》が容易に想像でき、背徳めいた感情が、かえって辰男の股間を疼かせた。そんな気持ちを抑えて、

「やはり……ご夫婦の寝室で商品説明というのは……」

遠慮がちに告げると、美保は悪びれることなく美しい唇を尖らせる。

「あら、お宅の化粧品を購入するか迷っているのよ。エステプランと化粧品一式で三十万！　尋常な値段じゃないわ。客が指定した場所で、親身に相談に乗るのがセールスマンの役目でしょう？」

「おっしゃることはごもっともですが……お客様と不適切な関係になって、会社に……」

そこまで言って、息を呑んだ。

美保がルームドレスを脱ぎだしたのだ。

「あ、あの……美保さん」

「ふふ、今度は私の乳首とアソコの色あいを見てもらおうかしら。クリス化粧品は美白に特化してるっていうから、気に入れば購入するし、お友達も紹介してあげる」

ダブルベッドの前で、美保はルームドレスの肩紐を腕から抜き、ふわりと落とした。

「おお」

ワインレッドのランジェリーに包まれたグラマラスな肢体が、窓から差す陽光に照らされている。

頭を殴られたようなショックが走り、ますます目が離せなくなった。

（本当に、ハニートラップどころか、ドッキリじゃないよな）

むろん、隠しカメラを探す余裕すら持てないほど、美保の体は神々しい。

「キ……キレイです」

気づけばそう答えていた。

「ふふっ、あなたも脱ぎなさい」

美保は笑みを深めると、背中に回した手でブラのホックを外し、腰を屈めてショーツにも手を掛けている。せかされるまま、辰男も急いでスーツを脱ぐ。

（えっ、いいのか？　セールスマンとしてこれでいいのかよ、俺！）

自分でツッコんでいると、

「ねえ、私の裸、どうかしら？」

美保の声に振りむいた辰男は、目をしばたたいた。

（うわっ！）

目の前には、日本人ばなれしたグラマラスなヌードを惜しげもなく晒す人妻がたたずんでいる。

乳房はパパイヤのごとく丸々と実り、淡いピンクの乳輪の中心に大ぶりな桜色の乳首が勃っている。信じられないほど細くくびれた腰から張りだした豊かな尻は、煽情的なカーブを描き、艶々とした逆三角形の性毛が繁茂していた。

ムチムチの太腿は見るからに柔らかそうだ。そのくせ膝から下はスラリと長い。

「……キレイすぎます」

辰男はいきり立つ勃起を押さえながら、呼吸をするのも忘れて見入っていた。

3

「さ、早くベッドに」

「えっ」

「鈍いセールスマンね。シックスナインするの」

美保に腕を摑まれた辰男は、無理やりベッド仰向けにされた。

「ちょ、ちょっと……いくらなんでも、いきなりすぎませんか？」

キスすらしていないのに、速攻シックスナインかよと言わずにいられぬ急展開だが、美保は素早く手足を移動させ、辰男の顔面にまたがった。

「ふふ、私ね、学生時代は新体操やってたの」

だから動きも機敏なのと言わんばかりに、真っ白でムチムチの太腿と、左右に張りだした桃のような尻が眼前に晒される。

（うわ、美保さんのオマ×コが……）

辰男の目前には、濡れた陰毛に縁どられた濃紅色のワレメが息づいていた。

（そういや俺、人妻って初めてだな……つーか、セックスは一年ぶりくらいか？）

肉感的なヒップの狭間に息づく美保のヴァギナは、膨らんだピンクの花びらが複雑によじれ、膣口には透明な蜜をたたえている。

甘酸っぱいメスの匂いを漂わせながら、早く舐めてとねだるようにヒクヒクと蠢いていた。

（すごい、こんなに明るい場所で生のオマ×コを見たのは初めてだ。尻の穴まで丸見えじゃないか）

その上には、小菊にも似た排泄のすぼまりが、セピア色に濡れている。

辰男は息を詰めて見入ってしまう。

三十五歳の辰男にもそれなりの性体験はあるが、皆「恥ずかしい」と明るい場所でのセックスを許してくれなかった。

真っ昼間からカーテンも閉めずに姫口をさらす女性に会ったのは、美保が初めてである。

「ねえ、玉木さん、私のアソコはどう？」

昂る辰男の気持ちなど知る由もなく、美保はピンクのワレメをくなくなと左右に揺らしてくる。

「と、とてもキレイで……うあぁっ!!」

答えようとした次の瞬間、生温かな口腔がペニスを包んだ。

ジュププッ……!!

「あうっ」

思わずつむった目の奥で、快楽の火花がスパークした。

美保はペニスを喉奥まで頬張ったまま、内頬を男根に密着させてジュブジュブと吸い立てた。

（くう、気持ちよすぎる）

なめらかに動く舌先は、先ほどのフェラチオ同様、裏スジやカリのくびれまで丹念にねぶり回す。

「あうう……ッ」

「どうなのよ、ちゃんと答えなさい」

「す、すごくキレイなピンク色です……で、でも……我が社の商品をご使用いただくと、さらにビラビラが透明感あるピンク色に……ッ」

「まあ、貪欲なセールスマンね。でも、あなたみたいなタイプ、嫌いじゃないわ」

美保は勃起を咥えこんだまま、内頬を胴幹にひたと密着させ、唾液で滑らせるように頭を上下させた。強烈なバキュームフェラが浴びせられ、
ジュボボ――!!

「むううッ」

目に見えずとも、頬をへこませて首を打ち振る姿が頭に浮かんできた。

あのぽってりとしたエロティックな唇をOの字に開いて、自分のペニスを頬張っているのかと思うと、興奮にもうひと回り男根が膨らんだ気がする。

（もう、どうにでもなれ！）

辰男も負けじと、潤んだ肉花にむしゃぶりつく。

両方の親指を花びらにあてがい、大きく広げると、鮮烈な赤い粘膜が顔を覗かせた。

むんと濃く香る甘酸っぱい匂いが鼻先で揺れる。それ以上に、陽光を受けて濡れ光る緋色の肉ビラがくにゃくにゃし、卑猥に思えた。

ズブリと突きさした舌を上下に動かして、淫蜜に濡れるワレメを舐めまくる。

ヨーグルトにも似た甘酸っぱさが生々しいほど口いっぱいに広がった。

「アンッ……気持ちいいッ、そうよ、美肌菌も奥までしっかり塗りこんで」

美保の豊満な尻がビクビクッと跳ねた。

甘酸っぱい女汁があふれるたび、辰男は夢中で啜りあげる。

口元をドロドロにしながら、愛液を飲みくだしては、膣奥に突き入れた舌を上下左右に蠢かせる。

「ンンッ……いいわ……悔しいけど、玉木さんの舌づかい、たまらない」

美保はうっとりと囁き、むぎゅむぎゅとワレメを辰男の顔面に押しつけてくる。

（くうっ……息が）

肉厚の尻に鼻をふさがれた。濡れたヴァギナが口に密着し、一瞬、辰男は呼吸困難に陥った。

でも、ここでクンニの手を休めたら、セールスマンとして失格だ。

気合いを入れて、どうしても購入させたい。

辰男は微妙に顔の角度を変えながら、わずかに生じた隙間で呼吸をくりかえし、女肉をねぶり続けた。

触れるか触れないかのソフトな舌のタッチに加え、硬く尖らせた舌先で女孔をズブッと刺し貫く。さらには、唇を開いて花びらもろとも吸いついた。

そのたび、美保はくぐもった喘ぎをもらし、夥《おびただ》しい蜜液を滴らせる。

肉ビラはすっかり充血し、血を吸ったヒルさながらに膨らんでいた。

やがて、花びらにあてがっていた右手をすべらせ、クリトリスを探した。

（ここだな）

濡れた中指で豆粒ほどの突起を探りあて、押し揉んだ。

「あんっ……」

美保はペニスを頬張ったまま、ヒップを波打たせ、身をよじらせる。

辰男がたて続けにクリ豆を指先でキュッと摘まむと、「ああっ、ダメ」と小刻みに尻を震わせる。

「美保さん、感じてくれてるんですね。ああ、キレイなピンク色が真っ赤に充血してきましたよ」

辰男は、突起を摘まんだり弾いたりしながら、愛液が滴る女溝を下から上にツーッと舐めあげ、チュッと吸いついた。

「アン……あなたのせいよ……でも、すごくいい。今夜は夫に優しくできそう」

美保は汗ばむ尻をなおも揺すりながら、勃起の根元をギュッと握りしめてきた。

夫を裏切った罪悪感ゆえの興奮だろうか、いきり立つ肉棒を喉奥まで咥えこむと、再び頭を打ち振って、ストロークを浴びせてくる。

ジュポッ、ジュポッ……ジュポポッ！

「ああっ……くうっ」

あまりの気持ちよさに、辰男は思わず手と舌の動きを止め、奥歯を嚙みしめた。

背筋にぞくぞくと快楽の電流が走っていく。

美保の濃厚なフェラチオはなおも続く。吸い立てる際は包皮を剝きしごき、咥えこむ時は、剝きあげる。そのうえ、陰囊《いんのう》もやわやわと揉みしめてくるではないか。

（だ、だめだ……出そうだ）

辰男は丹田に力をこめて、暴発だけはするまいと必死に耐えるばかりだ。

（ここで負けてなるか）

辰男は、右手でクリトリスを刺激しながら、左手の中指を膣穴に差し入れた。

ヌルヌルッ——！

潤沢な蜜に濡れた指は膣路をすべり、一気に膣奥まで貫き、

「ひっ……あぁぁあ！」

美保の体が大きくのけぞった。

とたんに、指が膣ヒダにキュッと締めあげられる。

凄まじい締めつけの中、辰男はここぞとばかりに、膣上部のGスポットを掻きこすった。

指の腹でザラザラした上壁を前後にこすり立てると、

「ハア……そこ、ダメよッ」

美保はガクガクと背中を震わせて、切迫したあえぎを漏らす。

決壊したダムのごとく、愛液が秘口からどっとあふれてきた。

とっさに左手を引き抜いて、女汁を啜りあげると、辰男の舌先はそのまま上へと移動し、セピア色にくすんだアヌスのすぼまりに届かせた。

「お尻は……いやッ」

美保はビクッと尻を跳ねあげて抵抗するが、辰男の舌は執拗にそれを追いかける。

(そうだ、肌のくすみには、美白ローションを勧めろと研修で習ったっけ)

辰男のセールスマン魂が湧きあがった。

「美保さんの体はどこもキレイですが、後ろの穴だけは少々くすんでおります。ぜひ当社の美白ローションを」

辰男は放射状に刻まれたシワを、舐めのばしていく。

ピチャッ……レロレロ……。

「なによ、失礼ね……それに図々しいのよ……あ、やだ、気持ちいい……お尻の穴を舐められたのは初めて」

美保は憎まれ口を叩きつつも、うっとりと鼻を鳴らす。

「あっ……はう」

感じすぎて、口を動かすことすらできないらしい。辰男の「三点責め」に身を委ねているのがわかる。

ワレメから噴きだす愛液は、ほの白い内腿を伝い、濃厚なフェロモン臭を漂わせている。

「美保さん、すごい濡れようですよ。指に絡みついてくる」

ジュブッ、ジュブッ――

辰男は、膣路に挿入した指で女肉を攪拌するように蠢かせ、右手の中指でクリトリスを押し揉んだ。

ざらつくGスポットを執拗にこすり、ノックするように刺激し続けると、美保の肌はいっそう紅潮し、尻と太腿の力みと震えが強まってきた。

「ハアッ……もう、焦らさないで」

　美保はさしせまった声で叫び、

「もう待てない。このままバックから挿《い》れて」

　シックスナインの体勢を解いて、ベッドに這いつくばった。

「早くぅ」

　両手をついたまま、辰男を振りかえり、尻を高々とあげてくる。

「このまま、後ろからハメろということですね？」

　辰男は起きあがると、美保の背後にひざ立ちになった。

　ここは指示通りにすべきだろう。

（うまくいけば商談成立だ）

　化粧品一式購入に加えて、エステサロンの会員になってもらえば、三十万円の売り上げになる。

　定期購入と友人紹介までいけば、まさに倍々ゲームだ。

「そうよ、早くちょうだい！」

　必死に哀願する美保の肉厚の尻を、辰男がグッとつかむ。

　張りつめた亀頭を、真っ赤に充血したワレメにあてがった。

　ヌチャッ——

「では、化粧品一式、ご購入でよろしいでしょうか？」

辰男は、亀頭をワレメに沿ってニチャニチャとすべらせる。

「いいわ、買うから、早く」

「ついでに、エステの会員も募集中なのですが……」

今度はペニスを二センチほどめりこませ、花びらをこじ開けた。

クチュ……ッ。

亀頭が熱い泥濘《ぬかるみ》に包まれ、一気にねじこみたい衝動に駆られるが、商根魂を忘れてはダメだと言い聞かせる。

「ああっ、焦らさないで……わかったわ、エステ会員にもなるから……」

「ありがとうございます。では」

辰男はひとおもいに、バックから腰を送りこんだ。

ズブッ……ズブズブッ！

野太いペニスは、膨らんだ肉ビラを巻きこみながら、熱い蜜を噴きだす膣穴に呑みこまれていく。

「はああっ！」

美保の背中が大きくそりかえり、ロングヘアが跳ねた。

（うう、きつい……久しぶりだからな、女の膣内《なか》って、こんなに気持ちよかったんだ）

男根に広げられた卑猥な膣口を見ながら、辰男は女肉の心地いい締めつけを噛みしめる。ペニスに吸いつく女ヒダは、物欲しそうにキュッキュッと強めてくる。

「ンンッ……初々しいオチ×チンなのに、逞しいのね。癖になったら困るわ」

美保は田楽刺しにされたまま、じりじりと尻を揺すった。

辰男も腰を前後させ、根元まで突き入れる。

密着した性器がさらに卑猥に吸着しあう。男にはたまらない甘美な女園の感触に包まれた。

「く、癖になってください」

辰男はゆっくりと腰を前後させた。

潤沢な蜜液にぬめるペニスは、亀頭ギリギリまで引きぬかれ、再び勢いよく美保の膣内《なか》へと沈んでいく。徐々にピッチをあげると、

「ハアッ……いいッ、当たるわ！」

美保が四つん這いで叫んだ。

「当たる？」

「ええ、さっきも言ったでしょう？　玉木さんのタマタマっておっきいから当たるの。すごく気持ちいい」

「そ、そうなんですか？」

「今まで言われたことないの？」

「え、ええ……特には」

そう答えるが、なんせ辰男の過去の恋人たちは片手で足りるうえ、性的に開放されていない女性ばかりだ、辰男自身、女性たちに嫌われぬよう、遠慮していた向きもあった。

「ねえ、いっぱい突きまくって。こんなダブル打ち初めてなの」

美保は嬉々として、股の間からくぐらせた手で陰嚢を握ってきた。

「あうっ、ダ、ダブル打ち……？」

「ええ、オチ×チンがズブッと入るたび、タマタマがビターン、ビターンってクリトリスに当たるのよ。だからダブル打ち。ふふっ」

美保は、呆気にとられる辰男を紅潮した美貌で振りかえり、さらには陰嚢《いんのう》をやわやわと揉みこんでくる。

ムニムニ……ムギュッ。

「むむ……美保さん」

あまりの気持ちよさに、このまま美保の膣内《なか》で射精しそうになってしまう。

「やっぱり大きいわ。夫の二倍はあるわね。絶倫の証拠よ」

「絶倫……？　そんなこと初めて言われました」

「そうよ、絶倫。今まで何人の女を泣かせてきたのかしら」

美保はうっとりと告げ、再び両手を前に突いて、尻を前後に振り立ててきた。

「ねえ、もっと突きまくって」

「は、はいっ」

辰男は美保の腰づかいに合わせて、必死にペニスを叩きこむ。

(絶倫などと言われたことなんか一度もないぞ)

過去を振りかえりながら腰を振るたび、濡れたヴァギナを穿《うが》つ打擲《ちようちやく》音と、ビターンッ、ビターンッ――と、一拍遅れで振り子のごとく揺れる金タマ袋の音が夫婦の寝室に響いた。

(うおお、言われてみれば最高だ！　金タマの当たる刺激が、こんなに気持ちいいなんて)

辰男が下腹に力をこめて、渾身の胴突きを見舞うと、

「ああんっ……アソコもクリも気持ちいいッ……こんなの初めてよ！」

美保も四肢を震わせて、甲高い声を放った。

しかも抜き差しのたびに、女襞がキュッ、キュッと男根を締めあげてくるのだ。

(すごいぞ、くうう)

辰男が結合部を見おろすと、勢いづいた男根が、ずぶずぶと膣奥に呑みこまれては顔を出す。

一撃ごとにねっとりと白い愛液にコーティングされる肉幹がひどく卑猥に映った。

さらには、ぷるんと揺れる陰嚢がクリ豆にぶち当たる衝撃もたまらない。

ビターンッ、ビターンッ――!!

バックから鋭い肉の鉄槌を穿ったたび、辰男の金タマ袋が振り子のごとく揺れ、美保のクリトリスを思い切りぶちのめす。

「ンンッ……クリもアソコもいいッ！　きっと女性ホルモンがドクドク分泌してるのよ。化粧品との相乗効果で美肌まちがいなしね」

「あ、ありがとうございます。今後ともクリス化粧品を、ご贔屓に……」

腰を振りながらそう言いかけた時、美保が紅潮した顔で振りかえった。

「ねえ、お尻の穴も触って」

「は？」

「バックから突いても、手は空いているでしょう？　さっきお尻を舐められてすごく気持ちよかったの」

そう瞳を輝かせてくる。

「わ、わかりました」

「ふふっ、アソコとクリとアヌスの同時責めなんて人生初よ」

美保は好奇心丸出しで、尻を揺すってきた。

4

（おお、そうだ）

辰男はベッドの傍らに置いたバッグの中から、美白ローションを取りだした。

「美保さん、せっかくだから当社の美白ローションをアヌスに塗りますね」

プッシュ式の容器から手に数滴たらした液体を中指ですくい、放射状にシワを刻む後ろのすぼまりに塗りこんだ。

「んっ……冷たい」

美保の汗ばむ背中がそりかえる。アヌスをヒクつかせ、深々と体内に挿入されている辰男のペニスに、うねる女ヒダを絡みつかせてきた。

「うう、美保さんの膣内《なか》、さっきよりもキツくなってきました。……このまま美保さんの可愛いお尻の穴をいじりながら、バックから打ちこみますね」

そう宣言し、肉感的な美保の双臀をわしづかむと、親指でアヌスを刺激しながら、ひとおもいにズブリと男根で貫いた。

「はうっ」

美保が大きくのけ反った直後、重たげな陰嚢がビターンッとヴァギナの上にぶち当たる。

「いいわ、もっと責めまくって！」

再び、辰男はアヌスを弄りながら打ちこみ続けた。次第に加速させていくと、膣襞にカリのくびれがこすれて、腰が甘く蕩けていく。

ズブズブッ……ビターンッ!!

「アアンッ、最高よッ」

バックから貫かれ、美保が嬌声を放つ。

ブシュッとあふれる女汁が、美保の内腿を伝いベッドカバーにも濃いシミを作っていく。

寝室には二人の汗とともに、甘酸っぱいメスの匂いが充満していた。

辰男が美保の愛液をすくった指で、後ろのすぼまりに指を挿し入れると、ぬぷり……と三センチほど吸いこまれていく。

(まるでブラックホールだな。どこまでもエッチな人妻だ)

胸底で呟きつつ、いっそうの力で肉の鉄棒を叩きこんだ。

バックスタイルで女を貫く行為は、男の征服欲を大いにそそる。それも今日会ったばかりの、銀行マンの夫を持つセレブな人妻だとなおさらだ。

(銀行マンのダンナには決してできないダブル打ちで、美保さんを陥落だ!)

ズブッ、ズブズブッ、ビターンッ、ビターンッ!!

「ひっ、くううっ……すごいわッ」

どれくらいストロークを見舞っただろう、辰男が息切れを起こしそうになると、美保は興奮で潤んだ瞳を向けてきた。

「ねえ、次は私が仰向けになるわ」

ハアハアと肩で息をしながらも、その目にはさらなる欲望を満たそうともくろむ女の貪欲さが滲んでいるように見えた。

（マジかよ。まだ満足できないのか）

辰男は呼吸を整えながら、是が非でも美保を満足させてやるとの使命感に包まれる。毒を食らわば皿までだ。

仰向けということは、正常位という意味だろう。

辰男は女陰からペニスを引きぬくと、淫蜜まみれの勃起がギラついた顔を出した。

「すごいわ、まだまだカチカチなのね。やっぱり絶倫」

美保は恍惚のまなざしで屹立を眺めると、汗みずくの肢体を反転させ、仰臥位になった。

（おお）

真っ先に目を奪われたのは、やはり、たわわな乳房だ。

ゆうにFカップはある丸々とした膨らみは、仰向けになっても少しのひずみもなく、興奮のためか乳輪までぷっくりと膨らみ、熟した赤い実のような乳首がツンと尖っている。

豊かな乳房から続く細いウエスト、形のいい縦長のへそ、急激に張りだしたヒップと、まるでヴィーナスさながらの肢体が、辰男の目の前に横たわる。

「そう言えばオッパイはまだ触ってなかったわね。ふふ、吸ってみたい？」

美保は辰男を挑発するように、両手で豊乳を寄せあげ、もみもみと捏ねあげた。

「も……もちろんです」

辰男はゴクンと生唾を呑む。

「いいわよ、好きに触ってごらんなさい」

そう甘やかに告げると、頬を赤らめたまま、目を細めた。

「失礼します」

辰男の手が巨乳を包みこむ。壊れ物を扱うように、優しく揉みしだくと、

「ンッ……もっと強く揉んでもいいのよ」

湿った吐息とともに、美保は悩ましげに告げてくる。

やや強めの力で揉みしめると、弾力ある乳丘に辰男の手指が深く食いこみ、力をこめて揉みしだくたび、乳肉はつきたての餅のごとくエロティックに形を変えていく。

「美保さんのオッパイ……すごく柔らかい……乳首が勃ってきましたよ。敏感なんですね」

両乳房をギュッと絞ると、まろやかなバストが砲弾状にせり出した。

腰を屈めて汗ばむ乳房に顔を寄せ、まずは左側の乳首を口に含んだ。

「ンンッ……」

美保の肩がビクッと震え、次いで口内の乳頭がムクムクと硬さを増してくる。

(すごい、ますます硬くなってきた)

性に貪欲な女性の体は、こんなにも敏感に反応するのかと改めて歓喜した。

舌を上下左右に蠢かせて転がし、乳輪に沿ってらせんを描く。もう一方の乳首も同じように愛撫する。

「ン……いいわ、気持ちよくてとろけそう」

美保はため息交じりに体をくねらせた。ツンと尖った乳首を目にすると、辰男の勃起もいっそう唸りをあげる。美保の肉感的な太腿に熱いペニスを押しつけると、

「我慢できないわ……早く欲しい」

美保は哀願するように辰男の肉茎に指を絡めてきた。

「わかりました」

これ幸いと、辰男は美保の両脚の間に陣取った。

濡れた性毛に縁どられた赤い女唇が、早く入れてとせがむようにヒクついているのが見える。

辰男はそそり立つ男根の胴部を握り、濡れそぼるワレメの中心にあてがった。

グチュリと互いの肉がこすれ合う音が聞こえた直後、一気に腰を送りだし、屹立をねじこんだ。

ズブッ……ズブズブッ!!

「はあぁあっ!」

先ほどよりも深々と突き入れられた雄肉の衝撃に、美保は大きく背を反らせ、巨乳をぶるんと跳ねさせる。

「んんっ、さっきとは違う角度で入ってる」

美保はズッポリと根元まで男根を喰らいながら、歓喜に声を震わせた。

眉間に快楽の皺を刻んだまま、辰男の腕をひしとつかみ、美しいネイルが施された爪まで立ててくる。

セレブな美人妻が、一介のセールスマンに串刺しにされ、ヨガっている有様に、辰男のペニスは興奮ではち切れんばかりに膨らんだ。

「むうう、美保さんのアソコ、最高の締まりです」

辰男は美保のひざ裏を抱えこみ、スローな出し入れを何度かくりかえしてから、徐々に腰振りのピッチを速めていった。

ズブッ、グチュッ！

一打ちごとに、淫猥な粘着音が響き、女壁が絡みついてくる。

その淫蜜に濡れた女ヒダを、ズブリと割り裂く衝撃も増していく。

「んん──っ、はうう──っ!!」

美保の嬌声に導かれるように連打を放つと、パパンッ、パパンッと肉がぶち当たる音が高らかに鳴り響いた。ペニスが深々と子宮口まで達したかに思えるほどの密着感だ。

（よし、とどめだ）

辰男は力を振りしぼり、美保の両脚を肩に担ぎあげた。

「あっ、何するの？」

尻が浮きあがる体勢となった美保は、驚きに潤んだ目を見開くが、

「ほら、このほうが奥深くまで突き回せますよ」

辰男がぐっと前のめりになったせいで、美保は「く」の字に折れ曲がった体勢を強いられる。

一瞬、眉根を寄せて、表情を歪めた美保だったが、

「ああ、本当……すごく奥まで届いてる」

間近に迫った美貌が悦楽を告げていた。

美しい双眸《そうぼう》は焦点を失い、濡れた唇がうっすらと笑みを浮かべている。

ここからが正念場だ。辰男は美保の両脚を担ぎ直し、怒濤の乱打を送りこんだ。

パンッ、パパンッ、ビターン、ビターン!!

「はあっ、タマも当たってる!」

美保はちぎれんばかりに首を左右に振りながら、全身を大きく波打たせた。

辰男のペニスが女膣を貫くことに加え、メトロノームさながらに揺れる大ぶりの陰嚢が、会陰とアヌスを強打しているのだ。

巨乳を震わせ、狂おしいほど激しく身をよじる淫らな姿を目の当たりにし、辰男は全身の血が煮え立つような高揚に包まれる。なおも肉拳を叩きこんでいくと、

「ああっ……イキそうよ……はぁああっ」

美保の喉奥から獣じみた嬌声が放たれた。

全身に粒汗が噴き出し、互いの息がぶつかり合う。辰男は角度を微妙に変えながら、膣の上部をカリで逆撫でしてやると、

「あっ、そこ……いいところに当たってる」

美保は全身を真っ赤に染めたまま、ビクッ、ビクッと総身を跳ね躍らせた。

ペニスを押し包む女膣の締まりが、いっそう増していく。

「美保さん、化粧品ご購入後は、お友達もご紹介いただけますよね？」

激しい乱打をみまっていた辰男が腰をスローダウンさせると、

「んんっ、やめないで……ッ、わ、わかったわ。友人を紹介するから、もっと突いて……こう見えても私、このマンションの主婦友を取りまとめてるの。私のひと声で、皆、言うことを聞くわ」

髪を振り乱しながら、美保は辰男の太腿をひしとつかんだ。

「ありがとうございます！」

友人紹介まで取りつけた辰男は、その後、貪るように腰を使った。

爛れるほど充血したヴァギナにペニスをぶちこむたび、ビターンッ、ビターンッと金タマ袋が会陰にぶつかる打音が鳴り響く。

子宮口めがけて奥の奥まで突き回し、一気呵成に怒張を叩きこむ。

「ンンッ……玉木さん、そろそろ……もう……イク……んんっ」

辰男の太腿を摑む美保の手に、ギュッと力がこめられた。

「わ、わたくしも……です」

身悶えする女体にとどめを刺すように、辰男は渾身の乱打を浴びせ続ける。淫壷をえぐり回し、肉拳で穿ち、貫く。

「はああっ……あああっ……いやあ……ッ！」

美保が汗粒を飛ばしながら大きく身を反らした。

ビクビクッと腰をよじらせ、男の精を吸い取らんばかりに、女ヒダの緊縮が強まった。

ギュッと目を瞑《つむ》って四肢を痙攣させた美保がアクメに達したと悟った直後、

「うおおお――」

迫りくる灼熱のマグマが、辰男の尿管を這いあがってきた。

ドクン、ドクン――。

直後、辰男は濃厚なザーメンを美保の膣奥深くに噴射した。

第二章　果実の風味

1

一週間後——。

「事情は美保さんから聞いてます。売り上げを伸ばさないと、リストラされるみたいですね」

「は？　リストラ……ですか？」

スーツ姿の辰男は目を丸く見開いた。

美保から紹介された新規客——二十三歳の林波子《はやしなみこ》が住む広々としたリビングルームで、彼女はメガネの奥の瞳を細め、愁いを滲ませた。

高級感ある革張りのソファーに、辰男とL字の位置で座る波子は、セミロングヘアが似合う癒し系のおっとり美人である。

が、奥ゆかしい雰囲気からは想像できぬほど、悩殺ボディの持ち主だ。

ニットの胸元を盛りあげるプリンスメロン大の乳房、ひざ丈のフレアスカートからスラリと伸びるナマ足は、生唾モノである。

(これぞギャップ萌えだな)

股間がムズムズと反応し、辰男は慌てて背中を丸める。

が、そんなことはつゆ知らず、波子はゆったりした口調で、

「厳しいご時世、セールスって大変でしょうね。ウチの夫は公務員ですから、ノルマに縛られることはありませんが」

テーブルにずらりと並べられた化粧ボトルを前に、色っぽい吐息をつく。

その横にはウェッジウッドのカップに注がれた熱い紅茶が湯気を立てている。

「そうでしょうね。これだけ素晴らしいお部屋にお住まいの林さんだ、まったく優雅で羨ましいかぎりですよ」

辰男はあえて、調度品に囲まれた室内を見回した。

通されたリビングは、美保と同じマンションの階下にある。時を経て風格を漂

わせるアンティーク調の落ち着きあるインテリアだ。

応接セットの他、壁際にある年代物の柱時計に鏡付きのチェスト、ガレの装飾ランプ、ダイニングテーブルにはクリスタルガラスに活けられたカサブランカがかぐわしい芳香を放っている。

美保もそうだが、自分とは別次元のセレブぶりに感嘆していると、

「実は私……マンション内の呑み会で、自治会長にセクハラされそうになったんです。それを美保さんが助けてくれて……」

波子は紅茶をひと口すすり、ぽつりと告げた。

セクハラ事件以来、美保を慕っているのだという。

「セクハラ……さぞ大変だったでしょう。でも、美保さんのような方が近くにいてくださって心強いですね」

辰男は波子に共感するが、実際のところ、美保からさらに耳寄りな情報を得ていた。

——以前、マンション内の主婦友と温泉旅行の際、波子さんに相談されたの。

『私のアソコ、ちょっと黒ずんでるんです。夫ともセックスレスで、女として自信が持てなくて』って。そこを突けば商談成立よ。その時は……わかってるわ

ね？

そうセクシーに囁きながら、射精後のでろりと萎《しぼ》んだ辰男のペニスを握ってきたのだ。

つまり、新規客を紹介するかわりに、今後もセックスに応じろという魂胆である。

予想外の流れではあるが、セールスマンの辰男にとって、売り上げ増はありがたい。

（それにしても、リストラ対象の設定とはなあ。リストラされて、クリス化粧品に転職したのに）

胸奥でため息をつくものの、ここは美保の作戦に乗ったほうがうまくゆくかもしれない。

辰男は力強くうなずいた。

「で……話は戻りますが、クリス化粧品を購入することで、多少なりとも玉木さんのリストラ回避に繋がるんですよね？」

波子はメガネごしにじっと見つめてきた。

「そ、そうなんです。わたくしが結果を出さないと家族を路頭に迷わせてしまう……あ、私的なことを申してしまいました。お聞き捨てください」

辰男には、もちろん家族などいないが、美保が仕組んだ「がけっぷちセールスマン」を演じるべく、波子のレンズごしの瞳を見返し、情に訴えようと悲しげな表情を作る。

しかし、視線はついプリンスメロンのような乳房へと引きよせられてしまう。

そんな下心に気づく様子のない波子は、

「美保さんのご紹介なら、もちろん前向きに考えていますが、何しろ化粧品一式とエステ会員で三十万は、さすがに……」

頬に手を置き、ふうっとため息をつく。その仕草さえセクシーだ。

波子の吐息が、ダイニングに飾られたカサブランカの高貴で甘い香りを感じさせる。

「確かに……我が社の商品は他社よりも多少値段が張りますが、自信を持ってお勧めできる品ばかりです。特許を取得した美白成分が配合されており、使用後一カ月で赤ちゃんのような美肌が再生されます。見てください、僕の肌を！」

辰男は波子の前にぐっと顔を近づけた。

波子は目を泳がせながらも、

「え……ええ、いらした瞬間から玉木さんの美肌に見惚れていました。おひげも無くて、まるで剝き卵のよう。正直、これほど美しい肌の方は女性でもあまりお見かけしません。私、シミも増えてきて……そのうえ……」

「そのうえ……なんでしょうか？」

辰男は目ヂカラを強めた。

むろん、波子の悩みの核心を引きだすためだ。

少々ためらったのち、波子はうつむきがちに、

「こんなこと言っていいのかしら……実は私の……その……あの部分が、他の人より黒ずんでいるようなんです」

「えっ、あの部分とは……？」

美保から聞いていたが、辰男はいかにも意味不明だと言わんばかりに、小首をかしげた。

「だから……あの部分です……察してください」

「あの部分て……もしかして……」

辰男の視線が、波子のスカートへと這いおりていく。

「は……はい。時々、ネットでモザイク無しのAVを見ているのですが、皆さん

キレイなピンクで、形もキレイ……私、すごくコンプレックスなんです」

波子はうつむいたまま、恥じ入るようにスカートの生地を握りしめた。

「ご心配なく。AVなんていくらでも修整できますし、照明やカメラアングルでキレイに撮れるんです。プロダクションだって、十分なお金と手間をかけて美しい女優を作りあげている。それと比べちゃダメですよ」

辰男が満面の笑みで力説すると、

「お金と手間……」

波子はそう呟いて視線をあげた。辰男を見据えると、意を決したように、

「あの、玉木さん……ご迷惑でなければ、私のアソコを見ていただけません？」

「は？」

「お願いします。私のアソコをそちらの化粧品で美しくできるか、確認してほしいんです」

「か、確認……？」

しどろもどろになった辰男に、波子は「女としての自信を取り戻したいんです」と、辰男の手に手を重ねてきた。

「自信とおっしゃいましても……林さんはまだ、二十三歳ですし……」

「年齢の問題じゃありません。私自身の気の持ちようなんです」

グッと手が握りしめられる。美保が言っていた以上に、波子の悩みは切実そうだ。

「で、では……どのように確認すればいいのでしょうか？」

辰男の問いに、波子は押し黙った。

カチコチと柱時計の音だけが鳴り、気まずい時間が過ぎていく。

「不快に思わないでくださいね」

そう告げると、波子は重ねていた辰男の手を引きよせ、スカートの奥へと導いてきた。

「お、奥さま……」

すべらかな太腿が、辰男の手のひらに柔らかく吸いついた。

「もっと奥に来て」

じりじりとスカートの奥へといざなわれた辰男は、ハッと息を呑んだ。

そこに、あるべきはずのパンティが無かったのだ。

「あ、あの……」

辰男がわかりやすく言葉を詰まらせる。

「美保さんから色々と詳細を聞いて、玉木さんがいらしてくださる前から、決めていたんです」

「しょ、詳細って……まさか？」

まさか美保さんとのセックスの件じゃないよな――そう思いながらも、なめらかな内腿を引き返すことはできない。陰毛の際まで指が届いているのだ。ここで引き返せる男がいるだろうか。

「ごめんなさい……私ったら、こんなハレンチなワガママを……」

波子は上品にそろえていたひざを、ゆっくりと割り広げた。

辰男の手も、波子の動きに合わせて移動する。

「本当は恥ずかしいんです……でも」

ルームサンダルを脱いで、足先をソファーに持ちあげ、そのままM字開脚を披露した。

(えっ、マジかよ)

辰男の目が血走った。

フレアスカートが淫靡に波うち、肉付きのいいムッチリした太腿が晒された。

日に当たることのない腿の裏は、まったく濁りのない透明感ある純白だ。

その中心に、薄い陰毛に縁どられた女の花が咲いている。

辰男がごくりと生唾を呑むと、

「……真正面から、見てください」

大胆な態度とは裏腹に、波子はレンズごしの目の周囲を真っ赤に染めて、今にも消え入りそうに告げてきた。

「わ、わかりました」

辰男はいったん太腿から手を離し、ソファーから降りる。ローテーブルとソファーのわずかな隙間に身を置くと、真正面から波子の膣口を凝視する。

(うわあ……これが二十三歳の若妻のオマ×コか……)

白くすべらかな太腿のはざまには、フリルのような薄桃色の花弁がいじらしくよじれ、うっすら開いた中心には、鮮やかな紅色の粘膜が顔を覗かせている。美保の肉厚のビラビラに比べると可憐なヴァギナだ。

しかし、呼吸に合わせてヒクつく花ビラが徐々に濡れ光っていくのを目の当たりにし、辰男はジンと熱を帯びる股間をもじつかせた。

「い、いかがでしょうか……」

波子は耳まで真っ赤に染めあげていた。

羞恥に体を燃やしつつも、その表情は人知れず悩んでいた女の花の美しさを取り戻したいという切実さが表れている。

最近では、美容外科クリニックで女性器を美しく整えたり、膣の緩みを引きしめる施術を受ける女性が多いという。

辰男は猛る男根を必死に落ち着かせながら、慎重に波子のじっとり濡れた膣口を見入った。

「キレイですよ。ビラビラも薄くて可愛らしいし、色もごく平均的なピンクです」

「本当……ですか？」

波子はM字開脚のまま答えるが、どこか疑っている向きもあるようだ。

それを見越して辰男は研修での営業トークを披露する。

「ただ……波子さんの肌質からお察しすると、お手入れ次第でさらに肌のくすみが消えて、より透明感あるピンク色になるはずです。当社の美白ローションをお勧めしたいところなのですが……」

波子の股ぐらで、辰男はさらりとセールスの言葉を口にした。

と、湿った吐息が肉ビラに触れたらしい。波子は、

「あっ……ン」

尻を震わせた直後、淫穴からジュワ……と、透明な汁を滲ませた。

（おおっ）

それはツツーッと会陰からソファーに滴っていく。

女陰から立ちのぼる甘酸っぱくも狂おしい匂いが、辰男の鼻孔を刺激した。

思わず身を乗りだし、M字開脚の内腿に手を添えた。

「あっ」

波子が小声で叫ぶが、辰男は内腿を左右に広げて身を乗りだし、女陰の数センチの位置まで顔面を寄せる。

（うう、たまらない。波子さんのオマ×コ）

気づけばクンクンと鼻を鳴らしていた。

「い、いやっ……やめてッ」

唐突に羞恥が押しよせてきたのだろうか、波子は懸命に身をよじる。

が、意に反してワレメから透明な汁が噴きこぼれてくる。

「に、匂いは嗅がないで」

「で、でも……奥さまのここが、こんなに濡れて……」

「そ、それは……単なる生理現象で……ああ、いやッ」

あくまでも欲情を認めたくないらしい。波子は懸命にひざを閉じようと力をこめる。

「奥さま、実はここの匂いも健康状態を知るのに重要なんですよ。わたくしは研修で習いましたので、ご安心を」

「ほ、本当ですか？」

「はい、体臭や性臭はその人の健康を測る重要なバロメーターです」

半分はでまかせだが、波子は納得してくれたようだ。足の力みを緩めて、辰男に匂いを嗅がれながら、

「ァ……玉木さんの吐息が……ンンッ」

右手で口元を覆い、消え入りそうな声を漏らしてくる。

「少しだけご辛抱ください……ああ、大丈夫。奥さまの匂いは健康そのものです。甘酸っぱいフェロモンが出て、大変魅力的ですよ」

「そ、そうですか……よかったです」

安堵する波子だったが、辰男がさりげなく濡れた女性器にふうっと吐息を吹き

かけると、

「はぁ……っ」

波子はまたも尻をピクッと跳ねさせた。

「いかがなさいました？」

辰男は平然を装って訊く。

「い、いえ……何となく体が熱く、敏感になってきたものですから……」

「そうでしょうね。奥さまのアソコからは熱い汁が噴きこぼれています……お年を召したご婦人からは『年々潤いが減っていく』とのお悩みをよく耳にしますが、その点、奥さまは澄んだ泉のように新鮮な蜜があふれて、他の女性が羨望する体質でございます」

丁寧かつ卑猥さの伴わない言い回しは、女性を安心させるうえ、何よりも説得力がある。

「あ、あの……玉木さん……こんなこと申していいのか、わからないのですが」

M字開脚の体勢で、波子は戸惑い気味に声を上ずらせた。

「何でしょう？」

「……アソコの味も確認してほしいのですが」

「えっ」

2

「お願いいたします。私……私……」

波子が発情しているのは明らかだった。

レンズごしの双眸を潤ませ、頬をバラ色に紅潮させている。美保の話ではセックスレスとのことだから、若妻なりに性欲を持て余しているのだろう。

しかし、それをわざわざ女性器の味の確認と言うところが遠まわしで、奥ゆかしさを感じさせる。

辰男は膨らむ股間に、落ち着けと大きく息を吐いた。

「奥さまの頼みでしたら、喜んでお味見をさせていただきます。では」

辰男は先ほどから波子の両内腿にかけていた手に力をこめ、さらにぐっと広げる。蜜まみれのヴァギナの奥が燃えるような真紅に染まり、さながら食虫植物のごとく辰男を前にヌメヌメと蜜口を開いていた。

すでに辰男の股間は完璧なまでにいきり立ち、欲情がいっそうエスカレートしていく。

真っ赤に顔を覗かせた花弁の中心に舌を差し入れると、生ぬるい膣粘膜がヒタ……と舌先に触れた。

「はうっ」

波子が大きく体を波打たせる。

「力を抜いて、大丈夫ですよ。少しだけ舌を動かしますね」

辰男は粘膜の浅瀬に挿入した舌を、上下にチロチロと動かした。

クチュッ……ピチャッ。

淫靡な水音が響き、さらに新鮮な蜜液があふれてきた。

「ッ……あ……ン」

ガクガクと尻を震わせた波子は、反射的に内腿でギュッと辰男の頭を挟みこむ。

(うっ)

一瞬、息が詰まるが、「味の確認」をしている間に、波子を快楽に導きたい。

そして、確実な契約に結びつけるのだ。

辰男は必死に呼吸をしながら、さらに膣奥へと挿入させた舌を上下左右に蠢かせ、媚肉をねぶり続けた。次第に潤いを帯び、柔らかに膨らんでいく二枚の肉ビラがこの上なくエロティックである。

呼吸困難に陥りつつも、

「うう……奥さまのここは、実にフルーティで極上の果実のようです。ご安心ください。ただ、味わっているうちに少々風味も変化してくるんです。もう少しだけお味見を続けさせていただきます」

辰男は充血した左右の溝を舐めあげ、吸いしゃぶり、尖らせた舌先で淫穴を穿つ。

あふれる恥蜜を啜り、飲みくだし、再び滲んだ愛液を唾液とともに嚥下した。

執拗なクンニリングスを浴びせていくと、

「はあっ、そ、そんなに激しくされると……私……アアンっ」

波子はソファーの座面に爪を立て、ヨガリ声をあげながら、なおも辰男の頭を内腿で締めあげてくる。

絶え間なくあふれる恥蜜で、いっそうメスの匂いが濃くなった。

(うう……ッ、苦しい。上品ぶってるけど、かなりスケベかもしれない)

辰男はワレメの上方に舌を這わせ、クリトリスに狙いを定めて、ピンッと舌先で弾いた。

「ンッ、そこは……ッ」

波子の尻がビクンと浮きあがる。同時に、内腿の締めつけも和らいだ。

「ここがいいんですね？」

辰男は包皮ごとクリ豆を吸い立てた。リズムをつけて吸いあげると、波子も吸引のタイミングに合わせて「あっ、あっ」と悩ましくあえぐ。

「もっと気持ちよくさせてあげますね」

どさくさにまぎれて、そのものズバリなセリフを発しても、波子はもう何も言い返してこない。

すっかり辰男のペースにハマったようだ。

辰男は左右の指でクリ豆の包皮を剝いた。

「あ……っ」

真っ赤に膨らんだ肉の真珠が顔を出すと、愛液を塗りこめるように、丁寧に突起を舐めあげた。

「くっ……」

波子は爆乳を突きあげて、身をのけぞらせた。メロン大の乳肉を弾ませ、あろうことか自らの両手で乳房を包み、揉みしだき始めたではないか。

（おお）

やわやわと揉みこむたび、膨らみは辰男を挑発するかのように変幻自在に形を変える。ニットの中では、可憐な乳首をツンと硬く尖らせているのだろう。

どこまでも欲望に忠実な波子に驚きつつも、舌を蠢かせていると、

「も、もう我慢できません……できれば、玉木さんのモノを……」

ハアハアと乱れた呼吸をくりかえしながら、波子は落ちかかるメガネごしに、辰男の股間を見つめてきた。

「えっ、味見だけのはずでは？　わたくしのモノを……どうしてほしいのですか？」

いまだM字開脚の姿勢を崩さぬ波子に、あえて焦らすように訊くと、

「た、玉木さんて……いじわるなセールスマンね……ひどい」

波子は眉根を寄せて困惑顔をし、唇を噛みしめた。

「ええ、わたくしはセールスマンですから、ご契約くださったお客さまには、アフターサービスもアフターフォローも、懇切丁寧にさせていただきます。ただし、ご契約くださったお客さまのみです」

柔和だがきっぱりと告げた。

しばしの沈黙のあと、

「わ、わかりました。お化粧品一式の購入とエステ会員になることをお約束します。だから、ここに……」

波子は陰部にあてがったほっそりした指をV字に開き、濡れ咲く秘唇を割り広げた。

グチュリ……。

女粘膜は以前にも増して朱赤に燃え、膣口には「早くハメて」と訴えるように、白い本気汁までもがたたえられている。

「ここに、玉木さんの契約印をください！」

半ば叫ぶように告げた波子は、ニットの裾に手をかけて、脱ぎ始めた。

「待てないの……もう体が疼いて……玉木さんも早く脱いで」

ニットを脱ぎすてた波子は、スカートとブラジャーのみになった。

Gカップはあろうかと思えるたわわな乳房が、淡いピンクのレースブラに包まれて、堂々たる姿を現している。

（おおっ、予想以上の爆乳だ。このマンションの人妻は巨乳ぞろいか？）

辰男は、急いでスーツを脱ぎ、素っ裸になった。

波子を振りかえると、ブラを外すのももどかしいと言いたげに、無理やり引きおろしたブラジャーがアンダーの位置で乳房を押しあげ、まさに砲弾状にせり出した双乳を惜しげもなく晒していた。

（うわ、エロすぎる）

辰男は生唾を呑んだ。爆乳のわりには薄桃色の乳輪が小さめで、そのギャップが妙にそそられる。

中途半端な裸身もオスの欲望に一気に火をつけた。

「お願い、入れてください」

波子は乳房もあらわに、懇願してきた。

しかも、激しく勃起した辰男のペニスを凝視し、

「ああ、すごくキレイなピンク色……そのうえ、こんなに逞しく急角度に反りかえってるなんて……美保さんが言ってたとおり、タマタマが異常におっきいわ。さぞ、お強いんでしょうね」

メガネごしの瞳を妖艶に輝かせた。そして、

「ここに玉木さんの契約印をください。お願い、早くぅ」

言いながら素早く起きあがると、ソファーの背に手をつき、スカートごしの尻

を突きだしてきた。

「わ、わかりました。それでは、契約印を押させていただきます」

辰男は波子のフレアスカートをまくりあげ、裾を腰の位置に挟んだ。

桃のような尻が丸出しの状態である。

左右に張りだした肉付きのいいヒップをグッと両手で引きよせると、激しく勃起した先端を、赤くぬたつくワレメに押しつける。

「……んっ」

波子が男に貫かれる直前の恍惚の声を放った。

リビングのチェスト備え付けの鏡には、陶酔する波子の淫靡な表情がはっきりと映しだされている。

「いきますよ」

辰男が愛液をまぶした亀頭をぐっとねじこむと、
ズブッ……ズブッ!

「ひっ……ああっ」

弓なりにのけぞった波子の膣肉に、ペニスが一気に呑みこまれていった。

一拍遅れで、重たげな陰嚢もブルンと揺れる。

「ふう、根元までズッポリですよ」

辰男は波子の耳元でいやらしく囁いた。さすが二十三歳のオマ×コだ。熟した美保よりもアソコの弾力に若干の硬さある。そのくせ、まったりとペニスに絡みつき、いやらしく食いしめてくる。

「んっ……すごい、奥まで入ってる」

波子は串刺しにされた尻をくなくなと揺すり始める。

互いの粘膜が愛液で馴染み、いっそう結合感が増していく。

(うう、たまらない……熱くて、きつくて……ううっ)

鏡に映る波子は、落ちかかるメガネを気にする様子もなく、細いあごをつきあげ、辰男のさらなる一撃を待っているようだ。

辰男は尻から乳房へと手を移動させ、ブラがアンダーの位置で押しあげている爆乳をわしづかんだ。

「ああんっ」

波子が身をよじる。蜜まみれの女膣を根元まで挿し貫き、徐々に抜き差しを速めていくと、収縮した女ヒダが四方八方から男根を締めあげてくる。キュウキュウとうねる粘膜が、わななくように吸着した。

ジュブ、ジュブブ……ッ！

（くっ、すごい締まりだ）

こみあげる射精感から逃れるように、辰男は乳房を揉みしだき、波子の弾力ある胸の膨らみに手指を食いこませる。

硬く尖った乳首もひねりつぶし、芯ごとねっとりすくいあげる。

ついでピンと引っ張った乳頭を押し捏ね、陥没させる。

同時に、渾身の胴突きを浴びせまくった。ひざを折り曲げて、穿つ角度を微妙に変えていくと、
ズブッ、ズブッ、ビターンッ！

「ひっ、これね。美保さんが言ってたダブル打ち」

「そ、そんなことまで、話してたんですか……？」

「大絶賛してたわ。ああんっ、本当にすごい！」

鏡を見ると、辰男が勢いよく腰を送りこむたび、ぬめるペニスが女陰から見え隠れし、振り子のごとく揺れるタマ袋が、ビターンッ、バチーンッと波子のクリトリスを強打している。

「はあっ、子宮まで響くわ」

「ううっ、わたくしも最高に気持ちいいです。こうやって適度な運動をして、当社の化粧品をご使用いただくと、さらに美に磨きがかかりますよ」

辰男は腰を前後させながら、波子のうなじに接吻した。

「ンンッ……やっぱり男性と触れ合うって、女の美に欠かせないのね……こうして玉木さんに抱かれているだけで、全身の細胞まで活性化されていくようだわ」

「波子さんは今でも十分魅力的です。ほら、鏡に映るご自身をご覧ください」

辰男はやや左方向に体の位置をずらした。

むろん、田楽刺しとなった女体を、波子に見せつけるためである。

鏡の中の自分と目が合った波子は、

「いやっ……恥ずかしい」

「あっ、目を伏せないで。ほら、キレイなオッパイが揉まれて、いやらしくひしゃげています……乳首だって、こんなにピンと尖らせて」

手指が食いこむ乳房は、辰男に捏ねられるまま餅のごとく形を変え、乳頭も卑猥にくびり出ている。

「い、言わないでくださいッ」

困惑顔で叫ぶ波子だったが、肌を淫靡に染めあげながら、辰男の律動に合わせて腰を振り立ててきた。

スケベなうえ、おそらくMっ気もあるのだろう。

ここは少しだけ言葉責めをしてみよう。

「スケベな女性ほど、美しいものです。ああ……ワレメからもっとエッチな匂いが立ちのぼってきましたよ」

辰男は爆乳を揉みしだいていた両手のうち、右手を結合部へとおろしていった。

「ァ……ああ」

尻を引く波子を無視して、濡れる性毛を掻き分け、陰部を弄りまわす。

グチュッ……グチュチュッ
彼女のひざは小刻みに震え、今にも崩れ落ちそうだ。クリ豆をひねりあげると、

「あうっ」

波子がビクッと上体をのけぞらせた。

「鏡から目を逸らさないでください」

辰男の指はワレメを弄り、なおもクリ豆をつまみ、親指ではじいた。

「ぁ……は」

いやいやと首を振りながら、それでも従順に辰男の言葉通り、鏡から目を離さ

ない。

乳房を揉まれ、中途半端にむき出しになった尻の狭間に出し入れされているペニスまでもがはっきりと映しだされていた。

セミロングの髪を振り乱し、しかと自分の嬌態を焼きつけるように鏡を見据える波子は、もはや出会った時の淑《しと》やかさはない。

「ん……舐めたいわ」

波子が陶酔の声で囁いた。

「えっ、何をですか？」

「玉木さんのオユビです……私のお汁まみれのその指……舐めてみたいんです」

思いもよらぬことを言いだした。

一瞬、戸惑った辰男だったが、すぐにその気になった。

「どこまでもスケベな奥さまですね」

慇懃《いんぎん》に告げて、淫蜜まみれの右手を波子の口許へと近づける。湿った吐息をつく柔らかな唇のあわいに、女汁に濡れた中指を入れると、

「ンンッ……うぐ」

波子は陶然とした表情で濡れた唇を半開きにして、チュパチュパと舌を絡ませ

てきた。

第一関節、第二関節まで頬張り、舌を絡ませ、しまいには、指の根元までねぶり、指の間の水かきの部位まで丹念に舌を這わせてくる。

「何てエロいんだ。奥さま、今自分がどんな顔でご自身のマン汁を味わってるか、おわかりですか？」

辰男の言葉に、波子は閉じかかるまぶたを開いて、鏡を見つめた。

「ン……私、はしたない女」

眉根を寄せて泣きそうな表情を見せる波子だが、唾音を響かせながら、なおもクチュクチュと舌を蠢かせる。

「美味しいですか？」

「ン……お、おい……ひいです」

辰男が波子の口内をかき混ぜるたび、波子もうっとりと舌を躍らせ、乳房と腰を揺さぶった。

女ヒダはいまだ勃起を喰いしめ、奥深くへと引きずりこむかのような激しい収縮をくりかえしている。

男根に貫かれながら、指を舐めしゃぶる波子は、時おり鏡に映る自分を見つめ、自らを煽り立てるように、赤い舌をチロチロと覗かせて舐めしゃぶってくる。

しばらく経つと、口もとを光らせたまま振り向き、

「玉木さん……キスして」

ねっとりした視線が絡み合った。

「えっ」

「私、キスされながらバックから突き回されたいんです」

波子は快楽に頬を染めながらメガネを外し、ソファーに置いた。

艶めかしい美貌にいっそう色香が増した。

「わ、わかりました」

辰男は先ほどまで波子がねぶっていた手で頬を引きよせる。

濡れ光る彼女の唇に、口を押しつけた。

「ンンッ……」

温かな唇が吸いつき合い、波子が甘く鼻を鳴らす。

(ああ、やっぱりキスっていいな。ほのかに波子さんのマン汁の味がする……たまらない)

人妻の甘い唾液の味と柔らかな唇の感触に、辰男の興奮のボルテージが急激に

膨れあがる。

互いに舌を絡め合わせ、歯列をなぞり、唾液を交わした。

接吻しながらも、辰男はゆっくりと腰をしゃくりあげ、上下の結合を深め合う。

やがて唇を離すと、クライマックスに向けて再び腰を打ちつけた。

ズブッ、ジュブッ、ビターン!!

「はあ……あぁッ」

肉幹と陰嚢のダブル打ちに加え、情熱的な接吻を受けた波子は、積極的に腰を前後左右に振りたててくる。

「んんっ、玉木さん、もっとくださいッ」

貫かれるタイミングで尻をせりあげ、腰を大きくグラインドさせる。

「はあっ、いいっ……夫はもうこんな激しいセックスしてくれないの。もっと突きまくって」

切迫した声が室内に反響した。

言われるまま、辰男が胴突きを見舞い続けると、強烈な射精感が尿管をせりあがってくる。

(くう、マズい)

射精が間近まで迫った刹那、

「ダメッ……も、もう……私イキますッ。はぁああっ！」

波子は鏡に映る己の痴態をしかと見つめながら、大きく身をのけぞらせた。

ソファーをひしと摑むと、ガクガクと体を痙攣させる。

「わ、わたくしもイキますよ……おおうっ」

辰男はフィニッシュの乱打を開始した。

パンパンッ、パンパンッと派手な音を響かせながら突きあげ、発射寸前でペニスを引き抜いた。

信じられないほど野太く膨らんだ肉棒を、手で握ってこすり立てる。

ドピュッ、ドピュッ、ドクドクドク——!!

白濁の男汁が、ピンクに染まった波子の桃尻を汚すようにほとばしった。

3

——ピンポーン。

リビングの床に崩れ落ちた辰男が、チャイム音を耳にしたのは、しばらくしてからのことだ。

隣で横たわる波子は、アンニュイな表情を見せながら
「きっとセールスか勧誘よ。玉木さん、断ってくれません？」

そう甘く囁いた。

「わかりました」

辰男が、愛液と精液にぬめるペニスをティッシュで拭きとって、裸のまま応答モニターを覗くと、

（えっ！）

息を呑んだ。

モニターに夏井美保が映っていたのだ。

仁王立ちになった美保は、

『ちょっと！　玉木さんが来てるんでしょう？　さっきエレベーターホールで見かけたんだから、来てないとは言わせないわよ。ドアを開けなさい』

いかにも「自分をさしおいて」と言わんばかりの勢いだ。

「ど、どうします？」

「……仕方ないわ。入ってもらいましょう」

その言葉に、辰男も逆らうことなどできなかった。

「あら、裸のままでいいわよ」

リビングに足を踏み入れた美保は、辰男と波子が慌てて服を着ようとするのを、事もなげに止めた。

「あ、あの……ご用件は?」

波子はソファーで身を縮めて恐る恐る訊く。

まくれあがったスカートをおろし、脱ぎすてたニットで上乳を覆っている。

一方、辰男はといえば、両手で股間を隠して棒立ちという何とも情けない姿だ。

ボディラインを強調したワンピース姿で辰男を一瞥した美保は、クールな視線を波子に流し、

「波子さん、玉木さんとのセックスはどうだった? ダブル打ち、最高だったでしょう?」

ストレートな質問をぶつけてきた。

「えっ……あ、あの……」

あからさまな問いに、波子は見開いた目を恥ずかしそうに伏せる。

「ふふっ、そうとう激しかったようね。この部屋、二人のいやらしい匂いがプンプンだもの」

美保はこれ見よがしに鼻をクンクンと鳴らす。

「えっ……あ、あのっ……このことは、主人には内緒に……」

波子は今にも泣きそうに懇願する。

「ええ、もちろんよ。別に咎《とが》めるために来たわけじゃないの。ただ、玉木さんが波子さんの家にセースルに行くのを見たら、なんだか私も落ち着かなくって……」

熱い吐息をつくと、美保はヒップを揺らしながら、辰男に歩みよる。

甘い香りがふわりと鼻孔をかすめたと思った瞬間、美保はネイルが輝く指で辰男の両手を払いのけ、垂れさがったペニスを握りしめた。

「あううっ」

「あ～あ、すっかり吐きだしちゃったようね」

しなやかな指が上下にスリスリとさすり始める。

「くうっ、み、美保さん……」

「ふふ、でもまだ終わらせないわよ。ほら、だんだん硬くなってきた」

美保は形のいい唇で卑猥な笑みを浮かべる。

その言葉通り、大量のザーメンを放出し、しぼんでいたペニスが、徐々に硬く芯を強めてきたのだ。

「さすが玉木さんは絶倫ね。タマが大きい男っていいわ」

次いで、だらんとぶらさがる陰嚢を手のひらで包み、揉みしだきだした。

「ああ、これよ。最高のダブル打ちを味わわせてくれるタマタマちゃん」

辰男の陰嚢を揉みしだいていた美保は、唐突にしゃがみこんだ。

左手で金タマ袋を支え持ち、右手で肉竿を握ると、反りかえる勃起にふっと息を吹きかけた。

「うくっ」

辰男は立ったままビクビクッと尻を震わせる。

「やだ、もう先走り汁があふれてるわよ。舐めてほしい？　それとも……」

美保は伸縮性あるワンピースの襟ぐりを大きく引きのばし、豊満な乳房の谷間をバッチリ見せつける。服を引きおろすと、付属したブラカップがめくれ、たわわな乳房がぶるんとこぼれ出た。

（おおっ）

目をみはる辰男に、美保はセクシーなまなざしを送りながら、

「どうせなら、パイズリしちゃおうかしら」

なんとワンピースまで脱ぎだした。

美保は体にフィットした伸縮性ワンピースの腕を抜き、ウエストまでおろすと、腰を屈めて足先から取り去り、パンティのみとなった。

(おいおいおい、どうなってんだ!)

波子のほうをチラリと見た時、

「み、美保さん、待って!」

波子が甲高く叫んだ。

「なによ、波子さんはもうエッチしたんでしょう? 次は私の番」

パンティ一枚となった美保が、高慢な視線を波子に向けた。一方で、辰男には甘い声で、

「玉木さん、見て。このパンティは真ん中が割れて、穿いたままでもエッチ可能なのよ。オープンパンティって言うの」

美保はヒップを揺らしながら、くるりと回って、裂け目から覗く女唇を辰男に見せつけてくる。

クロッチ部分の切れ目から垣間見えるヴァギナはひどく艶めかしい。透明な愛液でパンティ生地が変色している。

（エ、エロい……どストレートすぎる）

辰男が再び欲情に目を光らせたその時、

「わ……私もご一緒させてください」

ソファーから波子が立ちあがった。

胸元を隠していたニットを置き、ブラを外すと、スカートのホックを外してふわりと床に落とした。

見事な乳房に一瞬、目をみはった美保だが、すぐにクールさを取り戻して、

「いいわよ。じゃあ、手始めにダブルフェラでもしてみる？」

信じられない提案をしてきた。

「ダブル……フェラ……？」

辰男は思わず呟いていた。

AVを観ながら「こんな天国みたいなこと、一度は味わってみたい」といつも羨んでいた、あのダブルフェラだ。

しかも目の前にいるのは麗しい二人の人妻。

（マジかよ。化粧品の購入だけじゃなく、入れ食いまでさせておきながら、今度はダブルフェラ……夢じゃないよな。てか俺、一生分のツキをここで使ってないか？）

小躍りしたくなる気持ちを必死にこらえつつも、股間はすでに反応している。手で押さえつけていなければ、急角度でビンビンと天を衝《つ》く有様だ。

やがて、

「波子さん、寝室に案内してくださる？」

主導権を握ったかのように、美保が波子に頼みかけると、

「は、はい……こちらです」

波子はふらふらと全裸で歩き始めた。

4

「まあ、素敵なベッドルームね」

波子に案内されて入った寝室は、キングサイズのベッドとともに高級な音響スピーカーが設えられた重厚な空間である。

「しゅ、主人の趣味なんです……」

いまだ戸惑いを隠せない波子を横目に、美保は、

「さあ、玉木さん、ベッドに仰向けになって」

さっそく急《せ》かしてくる。

「はい……」

まさかこんな流れになるとは——ドギマギしつつも、辰男は夢のダブルフェラで頭がいっぱいである。

「まずは、波子さんと私が玉木さんの両脇に並んで這いましょう」

「は……はい」

美保の指示に、波子は素直に従った。

(おお、なんという絶景だ)

美女妻二人が巨乳もあらわに体を横たわらせている。しかもダブルフェラという、男にとって一生に一度あるかないかのラッキーすぎる一大イベントなのだ。

「じゃあ、私からね」

まずは身を乗りだした美保が濡れた唇を広げ、そそりたつペニスに舌を絡めて、ズブズブと咥え始めた。波子の愛液がたっぷり付着しているであろう肉棒も、何

ら気にする様子はない。

唾液をたっぷり溜め、裏スジを中心に舌をなめらかに蠢かせて、勃起を舐めしゃぶる。

「ううっ……く」

辰男は生温かな唾液のぬめりと柔らかな舌ざわりの快楽に、思わず奥歯を噛みしめた。

緩急つけた舌づかい、男のツボを的確に狙ったフェラは絶品としか言いようがない。美保はいったんペニスを吐きだすと、怒張をしげしげと眺めて、熱っぽく目を細める。

「ああ、本当にうっとりするほどキレイなピンクのおチ×ポ。そしておっきいタマタマ」

確かに美保の言う通りだった。

先ほど波子の尻に射精したにもかかわらず、すでに臨戦態勢となった男根は、二人の美女を前に、かつてないほど激しくいきり立っていたのだ。

「ねえ、波子さんも一緒に舐めましょうよ」

美保の誘いに、モジモジと下腹を蠢かせていた波子が、ゆっくりと辰男の股間に紅潮する顔を近づけてきた。

(おお、ついに夢のダブルフェラだ)

辰男の勃起がもうひと回り膨らんだ。

美女二人のフェラ顔を見逃すまいと、勃起ごしのセクシーな美貌を凝視した。

「じゃあ、呼吸を合わせていくわよ。せーの」

美保の声がけで、隆々とそりかえる肉幹を二人の人妻がネロネロと舐めあげた。

「お……おおうっ」

辰男の腰がビクッと跳ねる。

(おお――おお――っ、これがダブルフェラ)

柔らかで生温かな舌の感触に、凄まじい快楽が辰男の背筋を走り抜けた。

全身を羽毛で撫でられたかのように鳥肌が立ち、血が湧き立つ。二人の美女に奉仕されているという喜びが、あとからあとから込みあげてくる。

静脈が浮き立つピンクのペニスは興奮で亀頭が真っ赤に充血し、尿道口から透明液が大量に噴きだしている。

「ふふっ、こんなにカウパー液をあふれさせて、おチ×ポも悦んでるわ。このまま二人でおしゃぶり続行よ」

美保がチロチロと胴部に赤い舌を這わせると、波子は形のいい唇を広げ、ぱくりと亀頭を口に含む。そのまま舌先で尿道口を軽くつつき、カウパー液を啜りあげた。

ピチャッ……ネロネロッ……ネロネロ。

「くうっ、最高です……お二人の舌づかいとエロティックなフェラ顔も」

辰男は眉間に深い皺を刻みながら、一本のペニスを貪るように舐めしゃぶる美保と波子をしかと見つめた。

(まさに極楽だな)

タイプこそ違えど、セレブな人妻が己が男根を同時に愛撫しているのだ。興奮しすぎて頭の血管が切れてしまうのではないかと思うほどの光景である。

「玉木さん、こんなもんじゃないわよ」

カリのくびれをぐるりと舐めた美保は、波子が咥えていたペニスをチュポンと離したタイミングで、すかさず亀頭を頬張った。

唾液をたっぷり溜めた口内で、小刻みに舌を躍らせる、その繊細な感触がたまらなく心地いい。

「くうっ……お二人の舐め方が微妙に違って気持ちいい」

辰男が感激して声を震わせていると、いつしか美保と波子は、交互に根元まで咥えては一気に吸いあげるという連係プレイも繰りだしてきた。

ジュポッ……クチュッ！

室内には淫靡な唾音とあえぎが響き、濃密な性臭が充満している。

やがて、

「さあ、自慢のタマタマも舐めてあげるわ」

美保は「サオは波子に任せた」と言わんばかりに、キュッと引き締まった睾丸を包む金タマ袋を支え持つ。細いあごを傾けて、まずは片方の睾丸をちゅるんと口に含んだ。

「あうっ」

辰男が低く唸る。

美保は慣れた様子で、まるで飴玉のように舌で転がし、口内であやしてくる。

クチュ、クチュッ……。

「はあ……舐めてるだけで興奮しちゃう」

もう片方のタマも吸い転がしたかと思うと、しまいには、大口を開けて二つ同時に頬張った。

「おおっ……美保さん」

美保の間延びした顔を凝視していると、彼女は苦し気に顔を歪めたまま吸引を浴びせてきた。

チュッ……チュパッ
強弱と緩急を駆使してタマを頬張るテクニシャンぶり、上目遣いでの愛撫がたまらない。

「おお……美保さん……くっ」

情けない声で唸る辰男と、そこまで興奮させている美保に刺激されたのか、

「わ……私も、もっとご奉仕します」

波子も負けじとサオに舌を絡め、いっそう激しく首を打ち振った。

ねっとりと唾糸を引かせながらレロレロ、ジュブブ……と巧みなフェラチオをし、頬ずりまでしてくる。

「うう、そんなことまで」

辰男がひときわ大声で叫んだのは、美保がアヌスにまで舌を這わせてきたからだ。

「あう……くく」

思わず尻に力を入れるが、美保のくねる舌先が直腸の中に入ってこようとするかのように丹念にねぶり回してくると、自然とアヌスが緩まっていく。

そのうえ、しなやかな手で陰嚢をやわやわと揉みほぐされるのだ。

辰男は低く呻きながら、美女二人の濃密なフェラチオ、そしてアヌスとタマ揉みに酔いしれていた。その時、

「あん、もう我慢できない。波子さん、ごめんなさい」

欲情をあらわにした美保は股ぐらから顔を出し、波子を押しのけて、辰男の体にまたがった。

美保は唾液とカウパーでぬめ光るペニスの根元を握ると、蹲踞の姿勢になり、

「入れるわよ」

蜜に濡れた姫口に亀頭をあてがう。

ニチャニチャと数回往復して愛液をなじませたのち、ゆっくり腰を沈めていく。

ズブッ……ズブズブ……ッ！

オープンパンティの裂け目から挿入した怒張は、美保の胎内をまっすぐに貫いていき、

「ああんっ、いいッ」

乳房をぶるんと揺らしながら、美保は汗ばむ体を大きくのけぞらせた。

「ンッ……玉木さんのモノが私の膣内《なか》にいっぱい」

ゆっくりと前後に尻を揺らし、濡れ肉をなじませている。

「うっ、美保さん……」

キュッ、キュッとペニスを締めあげられて、辰男は歯を食いしばった。

「やっぱりいいわ。女性ホルモンがドクドクあふれてくるのがわかるの。セックスは美容に最高ね」

美保は強引に辰男の手をとり、乳房を揉ませてくる。

さらには、腰を前後左右と貪欲に振り立てる。

ズチュッ、ズチュッ！

「くう、美保さん……キツイです」

辰男は湧きあがる快感をこらえて、美保が腰を打ちおろすタイミングで突きあげる。

乳房を捏ね、ピンと勃った乳首をつまみあげると、

「あん、波子さんがいるせいかしら……いつもより感じちゃう」

美保が恍惚の表情で腰を躍らせた。その時だった。

「私も失礼します」

波子が起きあがり、辰男の頭のほうに身を寄せてくる。

あっと思った時には、美保の乳房を揉んでいた手を払われた。気づけば、辰男の顔面に濡れた肉色のものが押しつけられていた。

(な、なんだ?)

一瞬、呆然となった辰男だが、

「あら、私と向き合って顔面騎乗ってわけ?」

高慢に言い放つ美保の声が聞こえる。

(マジかよ。美保さんに挿入しながら、俺、波子さんに顔面騎乗されてる……?)

混乱しながらも、男の性《さが》だろうか、辰男はぐっしょり濡れた波子の女陰に両手をあてがって左右に広げ、むしゃぶりついていた。

ネロネロ……ピチャッ……

辰男は条件反射で舌をワレメに沿って蠢かせ、あふれる愛液を飲みくだす。

「ンンッ……玉木さんの舌づかい、気持ちいいわ」

波子はぐいぐいとヴァギナを押しつけてくる。

フリルのような可憐な肉ビラはぷっくりと充血しきっている。

いったい美保とどのように顔を突き合わせているのだろう。ライバル心？　見られている羞恥心からの興奮――？

（女って本当にベッドじゃ変わるんだな）

そう思ったところで、

「ちょっと！　波子さんのクンニに没頭してないで、こっちもしっかり腰を使ってちょうだい」

騎乗位でハメていた美保の声が飛んできた。

「ヒッ……はいっ」

辰男は舌を前後左右に躍らせながら、美保が尻を落とすタイミングでぐっと腰をせりあげた。勢いよく二つの肉体がぶつかり、粘膜が深々と結合する。

「あんっ……いいわ、やればできるじゃないの。それでこそ、優秀なセールスマンよ」

先ほどのダブルフェラから一転、辰男は人妻二人の、まさに奇襲攻撃と言ってもいい欲望に、必死に立ち向かっていた。

「客の要望を満たしてこそいっぱしのセールスマンだ」と言い聞かせながら、女陰を舐めしゃぶり、膣奥深くまで突き回す。

「あん、最高よ。満足させてくれたら、また上客を紹介するから」

美保がズブズブッと尻を打ちつけてくる。

(もう腰が……チ×ポも舌の根も折れそうだ)

全身汗みずくとなって、それでも満足させようと辰男が奮起した矢先、

「ハァ……これじゃ蛇の生殺しです。私にも、もう一度入れてくださいッ」

顔面騎乗していた波子が弾みをつけて立ちあがった。

(ん……なんだ?)

メロン大の巨乳を揺すって辰男の横で四つん這いになると、

「お願い。またバックからハメてください」

切羽詰まったように懇願してきた。

「えっ」

一瞬、沈黙が訪れたが、

「いい考えだわ」

そう切りだしたのは騎乗位で挿入されている美保だ。

「よいしょ」と辰男との結合を解くと、

「玉木さんとのエッチの醍醐味は、大きなタマを生かしたダブル打ちよ。ここからはバックで交互にハメてもらいましょう」

美保も蠱惑的に微笑んで、波子の隣に四つん這いになった。

「交互って……つまり」

辰男が口ごもると、

「私、知ってます。『鶯の谷渡り』ですよね。AVで覚えちゃった」

うふふと波子が頬を赤らめる。

「ほら玉木さん、早くぅ」

美保はオープンパンティが食いこむ豊満な尻をプリプリと揺すり、誘ってくる。

一瞬戸惑った辰男だが、美女二人の豊満な尻──それも濡れそぼるヴァギナが並ぶ圧巻の光景に生唾を呑んだ。真っ赤に充血した女唇が、早く入れてとねだるようにヒクついている。

(鶯の谷渡りなんて、初めてだぞ)

が、ここで怯んではいけない。辰男は二人の背後に回った。

「で、では……順番的に波子さんからハメさせていただきます」

波子の桃尻をぐっと引きよせ、ぬめる勃起を中心にあてがった。

「はァ……嬉しい」

陶酔しきった声で囁く波子の女陰めがけ、辰男はひとおもいにペニスをねじこんだ。

ズブズブッ——!!

「はううっ」

波子の体が弓なりにのけぞる。

膣肉を割り裂くように、肉棒は一気に波子の胎内を貫いた。

直後、ビターンッと金タマ袋が、クリ豆を打つ。

「これよっ、ダブル打ち!」

ペニスがキュッと濡れ肉に押し揉まれ、凄まじい快美が走りぬける。徐々に腰を前後させると、律動に合わせて、陰嚢も振り子さながらにぶるんと波子のクリを強打する。

ズブッ、バチーンッ!

「あっ……はあぁっ……最高!」

波子がヒイヒイとヨガっていると、「そろそろ私も欲しいわ」と隣で美保が口を尖らせた。

「あんっ……待って、もう少しでイケそうなんです」

波子は必死で哀願するが、美保は容赦なかった。

「ダメ、公平に行きましょう。抜き差しは、一人十回ずつでどうかしら？」

その提案に、波子も辰男もうなずくしかなかった。

「じゃ……じゃあ、一人十回ずつと言うことで」

辰男は美保の後ろについて、パンティの裂け目からズブリとペニスを叩きこんだ。

「んっ……玉木さん、存分に突きまくって」

美保が悦びにむせぶ。

波子とは違う締めつけを味わいつつ、辰男は次第に腰のピッチをあげた。

「一、二、三……ッ」

カウントしながら激しい胴突きを見舞っては、引きぬく際にカリのくびれで逆撫でする。

膣の締めつけとヒダのうねりがぐんぐんと上昇するにつれ、痛烈な刺激がペニス全体を包みこみ、カウントすることすら困難になっていく。

金タマ袋の打音が高らかに響いたが、それもいつしか女のあえぎ声にかき消されていった。

ジュブジュブッ、ビターンッ、ジュブジュブッ、ビタタ――ン!!

「アアッ……玉木さんのダブル打ち最高よッ！　クリに当たってるぅ」

歓喜に身悶え、四肢を震わせる美保の膣から引きぬいた怒張を、すぐさま波子の中へと串刺しした。

ジュブブッ……ジュブッ！

「あっ……はぁあああっ」

セミロングヘアを跳ねさせて、波子がのけぞった。

背中を反らせ、なおも尻を振り立てる波子の女孔を、辰男は獰猛にえぐり立てる。

あふれるオスの欲情をたぎらせ、渾身のストロークを浴びせていく。

（感激だ。鶯の谷渡なんて……）

辰男は盛りのついたメス犬のような人妻たちの、赤くただれた女陰を交互に穿ちまくった。

三十二歳の美保の膣内《なか》はねっとりとペニスを圧し包みながら締めつけ、二十三歳の波子の中は、よくうねるヒダの弾力と蠢きが抜群である。

甲乙つけがたい二人の女膣が、今か今かと男根の挿入を待ち侘びている、それだけで呼吸も瞬きさえも忘れてしまう。肉の悦びに溺れてしまう。

（すごい光景だ。二人のオマ×コがヒクついて、俺のチ×ポを欲しがってるなんて）

凄まじい愉悦と興奮が背筋から脳天を突きぬけ、血液までもが沸騰していくようだ。

「もっと、もっとよ！」

「ダメぇ、私のオマ×コにくださいッ」

男根を欲する嬌声が室内に響く。

それ以上に肉ずれの音がグジュ、グジュ、ビターンと鼓膜を打ち、こすれ合う粘膜がいっそう熱を帯びていく。

「ハア……ンンンッ」

鼻にかかった甘い声に辰男が目を凝らすと、二人は辰男に挿入されていない時、自らの手指で女陰を弄り、オナニーしているではないか。

（どこまで好色な人妻たちなんだ……）

と、辰男はここで重大な問題にぶち当たった。

（もうイキそうだ。マズい……どっちの膣内《なか》でイケばいいんだ？）

辰男が焦りとともに、尿管をせりあがる射精の兆しを感じた時だった。

「あんっ、イキそうよ」

美保が叫んだ。

次いで、

「私もそろそろですッ」

波子も切羽詰まった声をあげる。

「わ、わたくしもイキそうです……で、どちらでイケばいいでしょうか？」

渡りに船とばかりに、辰男が肉の鉄槌を浴びせながら訊いた時、

「波子さん、ここは公平に、玉木さんのザーメンミルクを顔に浴びましょう。きっと良質なたんぱく質で、美肌になるわ」

田楽刺しになった美保が波子に提案した。

「ええっ……顔射ってことですか？」

「この際、仕方ないでしょう」

「わ……わかりました」

美保に言いくるめられるように、波子がうなずく。

「玉木さん、イク瞬間はちゃんと教えてね。こっちはオナニーでタイミングを合わせるわ」

美保の声に、彼女から引きぬいたペニスをズブッと波子の女肉に突きたてた。

腰を前後に振りまくる辰男に、美保が呼吸を乱しながらクリトリスを弄って、オナニーしているのが見える。

「りょ、了解です！　あう……波子さんのオマ×コが急にキツクなってきた。あううっ」

強烈な膣ヒダの締めつけは、挿入で絶頂にイケないことへの反発心からだろうか。

執拗な圧迫がペニスを責め立ててくる。

「マズい、そろそろ出る……だ、出します！」

辰男は渾身の力をふりしぼって胴突きしながら、腹の底から叫んだ。

「私もイクわ」

「わ……私もですッ！」

女陰をこすりながら、二人は痙攣する体で辰男を振りかえる。

その歓喜に身悶える美保と波子の顔面に、辰男の濃厚な白濁の汁が噴射した。

ブシュブシュッ――!!

「ああ、たっぷりちょうだい」

「美肌のエキス、波子にいっぱいぶっかけてぇ」

恍惚に浸る美貌の人妻めがけて、辰男は力の限り怒張をしごきたて、ドクドクと噴きだす熱汁を最後の一滴まで絞りだした。

第三章　元カノの妹と

1

新宿A百貨店の一階、化粧品売り場。

ここでは、国内外三十社以上の化粧品メーカーがカウンター店舗を構えている。

季節柄、春夏商品――特に紫外線防止や美白に力を入れた商品がラインナップされていた。美白がウリのクリス化粧品のライバル商品も多い。

辰男は他店の商品リサーチを命じられ、午後から売り場を見回っていた。

（さすが美容部員、どの子も美意識が高い美女ぞろいだな。鏡を見る回数が多いほど、女は美しく磨かれていくって本に書いてあったっけ）

各ブランドの美容部員たちは、皆、美しく化粧が施され、ヘアスタイルやネイルまで手入れが行き届いている。

ブランドのイメージに合わせた高級感ある制服姿も魅力的だ。

もちろん、百貨店を訪れる女性客もヘアメイクやファッションに余念がない。

化粧品売り場という美を意識したフロアには、都会的で華やか、洗練された女性客が行き交い、テスターで使用感をためしたり、美容部員にメイクを施される光景があちこちで見受けられた。

目の保養をしつつ、辰男はスマホのボイスメモに、各店舗の商品状況を小声で吹きこんでいく。

「R社はコウジ酸の美白アイテムに力を入れている。T社とN社はビタミンC誘導体、おっ、B社はアルブチンの他、イチゴ由来のエラグ酸に注目だ。しかも『飲む日焼け止め』としてサプリも発売したようだ。化粧水の浸透を良くするブースターを取り入れているブランドが十二社――」

カウンター上の商品を横目に、録音しながら歩いていくと、

「きゃッ」

前方から足早に来た女性がすれ違いざま、激しく肩にぶつかってきた。

「おっと、すみません」

辰男は反射的に謝ったものの、女性はヒールから伸びた脚をもつれさせ、派手に尻もちをついた。

「痛……ッ」

シックな黒のワンピースに首元の赤いスカーフ、髪を結いあげた女性は、ヒップを強打したらしく、顔をしかめて手で尻をさすっている。

制服と華やかなメイクから、大手化粧品メーカーS社の美容部員であることが察せられた。

目鼻立ちのくっきりした美貌に、真紅の口紅がよく似合う。

「大丈夫ですか？　すみません」

辰男は彼女を立ちあがらせようと、手を差しのべる。

「いえ、私も脇見していたもので……申し訳ありません」

女性も素直に手を伸ばしてくる。

二人の手が重なった瞬間、辰男は目をみはった。

彼女のスカートがまくれて、パンティが丸見えではないか。

（うわ、パンチラ……いや、パンモロだ）

目の前に突如現れた可憐なピンクのショーツに「ラッキー」と心で叫んでいたところ、美容部員は長いまつ毛を強調するかのように目を見開き、辰男を見上げた。

「もしかして……玉木さんじゃありません？」

「えっ」

「茜《あかね》です。三倉《みくら》茜……昔、姉と付き合っていましたよね？」

「え……お姉さんと？」

言葉を失いつつも、過去の記憶をたぐりよせる。

辰男は十年前の二十五歳の時、以前勤めていたJヘルスケアで、三倉由奈《ゆな》という派遣社員と半年だけ付き合ったことがあった。

何を隠そう、辰男の童貞喪失の相手である。

二歳年下の由奈は、極度の恥ずかしがり屋だった。

セックス時は部屋を真っ暗にせねばならず、回数だって半年で十回ほど。互いに内気なところがあり、いつの間にか自然消滅したのだ。

妹の茜とは、数回挨拶した程度だが、ショートカットのボーイッシュな印象から一転、今は優雅な美人美容部員そのものだ。姉と五歳違いだから確か、今年二十八歳のはず。

「お……思いだしました。あの時の茜ちゃん！　いやぁ、あまりにも綺麗になったんで、わからなかった」

「私はすぐにわかりました。相変わらず、美肌で羨ましい」

「え……いやあ」

やや戸惑い気味で照れる辰男に、茜はにっこりと唇を緩めた。

「私は見ての通り美容部員ですから、人を見る時はまずは肌から観察するんです」

「そ、そうだよね。その制服……S社の美容部員だとすぐにわかったよ。しかも大手じゃないか。採用基準もとても厳しいって噂だし、すごいよ。と、ところで……」

辰男が口ごもった時、茜はこちらの言わんとしていることを察したのだろう、

「姉は……結婚して海外暮らしなんです」

「あ、ああ……そう」

言いかけた言葉を悟られた気恥ずかしさに加え、結婚して海外暮らしという思いがけない展開に、辰男はどのような表情をしていいか迷った。

(海外暮らしってことは、ダンナは外国人か？　いや、日本人と結婚して海外赴任ってこともあるよな、まさかそこまで訊くわけにはいかないし——)

初エッチが処女と童貞だったせいか、思い入れのある女性である。

複雑な思いでいると、

「……ところで玉木さん、今日はどうしてここに？」

立ちあがった茜がスカーフを巻いた小首をかしげた。

「えっと……商品リサーチに来ました」

辰男はミッションを思いだしたかのように姿勢を正し、茜をまっすぐに見据える。

「商品リサーチ？」

「はい、クリス化粧品に転職したんです」

Jヘルスケアにリストラされたとは言えなかった。

「クリス化粧品って美白で有名な……」

「ええ、ご縁があって」

「確かに……その美肌じゃ、化粧品会社にヘッドハンティングされてもおかしくないわ」

「えっ……ヘッドハンティング？」

辰男が説明にまごついていると、茜は左腕の腕時計を見て、

「いけない、休憩時間を十分も過ぎてる。もう戻らなくちゃ……玉木さん、今夜、お時間ありません？」

「は？」

「同じ業界人として、お話ししたくて……というか、久々の再会ですから、飲みに行きません？」

「えっと……」

「いきなり失礼だったかしら？」

「い、いえっ、リサーチしたレポートをまとめれば、今日は直帰予定なので大丈夫です」

「じゃあ、ここにご連絡ください！」

茜は辰男に名刺を握らせると、尻をプリプリ揺すりながら自社カウンターに戻って行った。

辰男はそのセクシーな後ろ姿を、呆然と眺めていた。

（もしかして……デートってことか？）

かつての恋人の、それも美しく成長した妹とのデートに早くも心躍らせていた。

2

午後九時、辰男は茜と新宿三丁目のカウンターバーにいた。

辰男がもらった名刺のアドレスに連絡すると、茜は行きつけだというこの店を指定してきたのだ。

ほの暗いライトが灯る十五席ほどの狭い店だが、店内には控えめなジャズが流れて居心地がいい。寡黙な熟年マスターと、入り口近くの席に一組のカップルだけで、なかなか落ち着ける雰囲気だ。

二人は板張りの床がきしむ狭い通路を通り、最奥の席に腰をおろした。

「私、スコッチの水割り」

「じゃ、俺も同じのを」

二人で乾杯をしてグラスを傾ける。辰男は改めて茜の横顔を見た。

(茜ちゃん、マジでいい女になったな)

仕事着から一転、ロングヘアと赤いスーツ姿で現れた茜は、洗練された仕草で酒を口にする。辰男はグラスを傾けつつ、視線を落としてムッチリした太腿を盗み見た。

(私服姿もエロいなあ)

制服の時にはわからなかったメリハリあるボディに、股間がビクビクと反応していた。

「……それにしても玉木さん、すごいわ。短期間で多くの契約を結ぶなんて」

セールスの実績をやや大げさに話したところ、興味をそそられたようだ。

「いや、たまたまだよ」

「でも、クリス化粧品はセレブ層じゃないと購入できないって有名ですよ。高額品を売る秘策、ぜひ教えてほしいです。私、ノルマがきつくて」

ほろ酔いで目の周りを紅潮させた茜が、色香漂う視線を送ってきた。

「だ、だから偶然さ」

「そんな謙遜しないで。まずはその美肌ですよね。俄然、説得力ありますもん」

「ま、まあね。確かにお客さんには褒められるかな」

再度チラリと視線をさげた。ミニスカがずりあがって超ミニスカになっている。

(茜ちゃん、無防備すぎるよ……もしかして俺をさそってるのか？　姉だけじゃなく妹も、なんて、まさかな……）

辰男の心中を察する様子もなく、茜は彼女自身のセールスのコツを述べた。

「あとは、いかにお客さまの懐にうまく入るかが肝心。セールストーク術なんかよりも、雑談力のほうが大事な時もありますよね」

「ま、まあ、そうだな」

辰男は、顧客とのセックスが決め手になったとは言えず、所在なさげにスコッチを呑んだ。

「そうそう、私のIT関連の男友達なんて、わざと道に迷ったふりをして、商談相手に駅まで迎えに来てもらってオフィスまで雑談して行くんですって。ほら、人ってスポーツや旅やグルメや音楽とか、何かしらの趣味があるでしょう？　その共通点を見つけて仲良くなって、オフィスに着くころには、ビジネスが成立してるって」

「へえ、すごいヤリ手だなあ」

「あとは控えめな下ネタも効果的って言ってた五十代の営業部長がいました。その部長、元ラガーマンでガタイがいいから、いつも取引相手に体格を褒められるんですって。で、お礼を述べたあと相手の耳元でこっそり『でもここだけの話、最近、アッチのほうがまったくダメでねえ』って言うと、相手は嬉しそうに『おや、おたくもですか。実は僕も……』なんて男だけの会話で盛りあがるそうですよ」

「なるほど、共通点と共感性か」

そうなずきながらも、辰男の鼓動は高鳴っていく。

勃起を悟られぬよう、辰男がさりげなく足を組みかえた。その時、茜のひざ元からハンカチが落ちた。

「あら、ハンカチが」

茜はスコッチをひとくち口に含み、スツールからカウンター下に降りた。

(えっ)

数秒後、股間に違和感を覚えた辰男は、下を向いてギョッとなった。

なんと、茜がズボンごしに勃起を撫で回しているではないか。

「ふふっ」

茜はしゃがんだ姿勢のまま、辰男のズボンのファスナーをおろし、布一枚隔てたペニスをムニムニとさすってくる。

「くっ……」

辰男は腰を震わせた。

とっさに店内を見回したが、幸い最奥席のため、気づく者はいない。

茜は慣れた手つきで、下着の開閉部に指先を入れて、直にペニスを握った。

「あう……くっ」

茜が蠱惑的に微笑む。

窮屈そうに下着を圧す勃起が取りだされると、静脈をうねらせたペニスがほの暗いライトに照らされた。

口内に酒を含んだまま、茜はそそり立つペニスの亀頭をパクリと咥えた。

「ヒッ……冷てえ」

辰男は下腹を激しく波打たせる。

驚きと快楽がないまぜに押しよせて、気づけばガクガクと腰を震わせていた。ここで立ちあがるわけにはいかない。酒場とはいえ、この状況は非常にまずい。

クチュッ……ピチャ

茜のフェラチオはなおも続いた。

バーカウンターの下、茜はペニスを頬張ったまま頭を軽く上下に打ちふり、伸ばした舌を尿道口に差し入れたのだ。

舌先がチロチロと揺れ、アルコールのピリッとした感覚が、鈴口の粘膜を刺激する。

(くうっ。な、なんで……姉の元カレだぞ)

頭が混乱する中、肉棒は意に反して口内でムクムクと硬さを強めてきた。

「ン……硬い」

茜は、唾液とともにコクンと酒を呑みほし、男根の膨張率を確かめるように、指を絡ませてくる。ギュッと摑まれた屹立がドクドクと脈打ち、いっそう熱く膨らんでいく。

「そ、それ以上されると……」

辰男は唸りながら周囲を見回した。

「困りますよね? 端っこの席でも、ここでバレたら犯罪になっちゃうかも」

しかし——

ルージュが光る唇は、白い歯をこぼしながらゆっくりと開き、再び亀頭からちゅるんと頰張ってくる。

ジュブブッ……!

「むうっ」

辰男は奥歯を噛みしめた。

本能と理性とがせめぎ合っている。

が、最終的に茜の頭を払いのけることも、腰を引くこともできずにいる。

「ふふっ、カチカチ……」

茜は辰男のズボンごしに内腿をさすりながら、吐きだしたペニスをまたも口に含んだ。BGMにかき消されてはいるが、ジュルジュルと大胆な唾音を響かせて、さらに硬さを増した勃起に舌を絡めてくる。

「あう……あうう」

その呻きに高揚したのか、茜は辰男を見あげながら、ゆっくりと左右上下に首を打ち振った。

まるでペニスを咥える自分を見て、と言わんばかりのエロティックな表情だ。

暗闇でもわかる真っ赤な唇が唾液とカウパー液に濡れ光っている。

「ふふ、姉さんもこんなふうに玉木さんのモノを咥えたの？」

「えっ？」

「うちの姉、奥手だったでしょう？」

茜は再び、喉奥深くまで肉棒を咥えこみ、美しい輪郭を描く頬をすぼめて、強く吸いあげてくる。

――確かに茜の言うとおりだ。当時二十三歳だった恋人の由奈は極度に奥手で、性行為中も照明は真っ暗にし、回数だって付き合った半年で十回ほど。クンニも数回しかさせてもらえず、フェラチオに至っては一回のみだ。

「私ね、玉木さんが家に遊びに来た時、隣の部屋で聞いてたの。ほら、うちって壁が薄いでしょう？　二人がエッチする声を聞きながら、オナニーしたこともあったの」

「オ、オナニー？」

当時はまだ高校生だった茜が、姉のセックスでオナニーとは――。

「ねえ、化粧室に行きません？」

茜が潤んだ瞳で見あげてきた。

3

「ほ、本当に大丈夫なのか？」

結局、辰男は茜に促されるまま、バーの化粧室へとなだれこんだ。

男女兼用の個室は三畳ほど。洗面台と鏡が設えてある。

「大丈夫。この店いつも空いてるんです」

「いつもって、もしかして……」

よく男を連れこんでいるのかと訊こうとした口元が、キスでふさがれた。

「……ンッ」

柔らかで温かな感触が、辰男を夢心地にさせてくる。

ルージュの味がほんのりと感じられる。茜は立ったまま両腕を辰男の首に回して、積極的に舌を絡めてきた。

クチュ……ニチャッ

困惑しながらも、辰男も無意識に舌を蠢かせ、酒交じりの唾液を啜る。

ここ最近、美保と波子という美女とたて続けにセックスし、男としての自信にも繋がっていた。

(ライバル社の美容部員に、セールスは可能だろうか?)

ビジネスを企む一方で、辰男の手は、茜の乳房へと這いあがる。膨らみを揉みこむと、

(お、けっこうデカい。Eカップくらいか)

ジャケットの下、ブラウスごしの柔乳に指を沈みこませた。

「……アン」

茜は甘くあえぎながら、乳房をぐっと押しつけてくる。

(もう乳首が勃ってるじゃないか。よし、脱がせてやる)

勢いづいた辰男がジャケットとブラウスのボタンに手を掛け、胸元をはだけると、ピンクのブラジャーに包まれたたわわな乳房が現れた。

美容部員らしく、手入れの行き届いた白磁のような胸元に、辰男はごくりと生唾を呑む。すると、茜は自ら残りのボタンを外し、ブラをぐっと引きあげた。

ぷるん——!

見事な下乳が露出した。

ずりあがったブラからギリギリ覗いている乳首はピンと勃ち、桜色に染まっている。

「あ、茜ちゃん……」

辰男の股間が再びビクッと脈打つ。

「どう?　姉さんよりそそる体でしょう?」

茜は蠱惑的に微笑むと、さっと大理石の洗面台に腰かけた。

タイトスカートがまくれあがり、パンティが顔を覗かせる。

（うわっ）

昼間、店内で見たパンティだが、乳房もあらわな茜のストッキングごしのショーツは、当然のごとく卑猥で生々しい。

「ねえ、オッパイ吸って」

茜が辰男の腕をとり、引きよせるが、

「えっ……ちょっと待ってよ」

辰男はたじろぐように、一歩さがる。

これは女運がいいのか、悪いのか？　何かとてつもないエネルギーが辰男を翻弄させているのではないかと思ってしまうのだ。

「どうして……僕なんかにこんなことを？」

率直な問いに、茜はさらに潤んだ目を細めた。

「……あなたが、姉さんの男だったから……」

「えっ」

「私……いつも品行方正な姉と比べられていた。姉の恋人として知り合った時も、妙なライバル心を持っていたの。いえ……今思うと、玉木さんに対する好意だったのかも……でも、真面目で上品な姉には敵わない。……だから、私の持っている武器で、姉のセックスよりもあなたを興奮させたい。私の体の記憶をしっかりと刻みたいの」

「そ、そんな……」

「やだ、湿っぽいこと言っちゃったわ。ほら、早くぅ」

茜はわざと下乳を見せつけるように腰をくねらせ、半開きにした濡れた唇で微笑みを向けてくる。

「あ、茜ちゃん……」

次の瞬間、辰男は見えない糸に引き寄せられるように、乳首に吸いついていた。

「あぁん……ッ」

悩ましい声が辰男の頭上から降ってくる。

口内の乳首は見る間に硬さを増した。辰男も舌先を右へ左へと揺らし、強く乳頭を弾く。

下乳を両手で支え、柔らかさと弾力を味わうように、揉みしだいていく。

「ああん、ねえ、下も……」

その声に辰男が視線を落とすと、茜はネイルも鮮やかな指でパンティごしの恥丘をさすっているではないか。

極薄のストッキングとピンクのパンティが股間に食いこみ、目を凝らすと、黒い陰毛まで透けている。

茜が自ら女陰を掻きこするたび「んッ、ああッ」と甘く鼻を鳴らして、身をのたうたせ、

「お願い……脱がせて」

もう耐えきれないと言わんばかりに、腰を浮かせた。

「わ、わかった」

辰男は、茜の細い腰に張りつくストッキングの両サイドを摑み、パンティごと引きおろした。

（おお……）

真っ先に目についたのは、濃い性毛とパンティ裏に付着した愛液だ。

黒々とした陰毛は興奮に逆立ち、白くこってりした粘液が、茜の欲情を物語るように、ハレンチなメスの匂いを立ちのぼらせている。

（確か姉の由奈は体毛が薄かったな。毛量って性欲に比例するのかもしれない）

そう思う一方で、陶器のような輝きを放つ、白い太腿に見惚れてしまう。

「じれったいわ。自分で脱ぐから、玉木さんもスタンバイして」

「スタンバイ?」

戸惑う辰男を無視し、茜はスラリと伸びた脚からパンティとストッキングを取り去り、再びハイヒールを履いた。

タイトスカートを腰にまとわりつかせた卑猥な姿で、微笑を浮かべる。

「私ね、鏡の前でのエッチがたまらなく好きなの。美容部員のせいかしら? うぶな姉とは大違い」

そう言うなり、

「ねえ、早く脱いで」

辰男を急かす。

結局、言われるまま、辰男は慌ててズボンを脱いだ。脱いだズボンを洗面台に置くと、茜はくっきりとした二重の目をみはった。

「びっくり……さっきは気づかなかったけど、玉木さんのアソコってキレイなピンク色。それにタマタマも大きいわ」

「そ、そうかな……」

美保や波子に言われてはいたが、ここではさも初めてのように受け流す。

（彼女たちには「商談」という目標があったけど、この場合どうしよう）

一瞬、自社の美白商品を茜にも勧めようかと思ったが、ギンギンに勃起したペニスがそれを阻止した。

（よし、今回は商談ヌキで挿入だ）

辰男は壁に茜を押しつけると、すべらかな左太腿をぐっと持ちあげ、片足立ちにさせた。

「あっ」

茜は一瞬、怯えた表情を見せたが、

「ほら、鏡を見てごらん。いやらしい茜ちゃんがいるよ」

左側の鏡を見るよう促すと、すぐに恍惚に目を細めた。

そこには赤い乳頭を尖らせ、汗ばむ頰を上気させた煽情的な茜の姿が映しだされていたのだ。

「ン……早く欲しいわ」

鏡に映る自分を眺めつつ、茜は辰男の肩と腕に手を添え、受け入れ態勢に入る。

辰男は勃起を握りしめ、のけぞるようにして秘唇にあてがった亀頭をクチュクチュと数回往復させた。

先走り汁と愛液を十分になじませ、中心に狙いを定める。ひとおもいに腰を突きあげると、

ズブッ、ズジュッ……ズブブッ……

辰男は一気に粘膜を割り裂いた。

「はああっ」

大きく身をたわめた茜の片足を持ちあげながら、辰男は一気に粘膜を割り裂いた。

ひときわ深くめりこんだペニスに、茜は待ち焦がれたように歯を食いしばりながら、鏡に見入っている。

(すごいキツマンだ)

甘美な膣の圧迫が、押し包んでくる。辰男は大きく息を吐くと、男根にまとわりつく膣ヒダに抗うように、再び腰を突きあげ、肉をぶつけあった。

グチュッ……ジュブブ……ッ!

卑猥な水音が個室内に反響する。

甘酸っぱい性臭が濃厚に漂い、ひと打ちごとに膣の締めつけも強まってくる。

だが、この体勢ではダブル打ちは無理だと思った矢先、

「……姉さんとどっちがいい?」

鏡ごしに、茜は辰男に熱い視線を送ってきた。

「ど、どっちがいいかって……？」

辰男が十年前に付き合っていた由奈の件に触れられて、返答に戸惑っていると、茜は濡れた唇を尖らせた。

「もう……玉木さんったらダメね。こんな時は『茜だよ』って即答するのがエチケットよ。女心が全然わからないんだから」

そう咎めつつも、立ちマンの心地よさには敵わないらしい。陶酔しきった様子で、なおも腰を前後にくねらせ、より深い結合を求めてきた。

「ご、ごめん……茜ちゃんだよ、決まってるじゃないか」

「ふふっ、嬉しい」

辰男はもう一方の手で、茜の乳房をわしづかんだ。

わずかに身を屈め、くびり出た乳首を口に含む。

「ァ……ン……気持ちいい……ああんっ」

茜は甘ったるい吐息をつき、ガクガクと肩を震わせる。

辰男が口の中で舌を揺らめかせると、しこった乳頭が、さらに硬さを増していく。

（おお、乳首を吸うとアソコがビクビクする……たまらない）

肉棒にまとわりつく膣ヒダが弛緩と収縮を強めた。左右の乳房にまぶされた唾液が照明を受けて、赤い乳首がいちだんと卑猥に映る。

辰男は、茜のひざを抱え直して、しゃくりあげるように腰を突きあげた。

ズブッ……ズブッ！

「はああっ……いいっ」

茜は鏡を見ながら摑んだ辰男の肩と腕に爪を立ててきた。

男根の猛威に歯を食いしばりつつも、その視線は鏡から片時も離さず、辰男の一撃に応えるように腰をせりあげ、自ら結合を深めてくる。

「興奮するわ。鏡に映る自分も……ドア一枚隔てた向こうにお客がいるスリルも……それ以上に、姉さんの元カレとエッチしてるってことも」

「そ……そういうものか？」

「ええ、さっきも言ったでしょう？　私はいつも姉と比べられてた。だから今、姉にリベンジしてる気分なの」

確かに、茜と由奈は全く違う性格だった。

由奈が白く可憐なヒナギクなら、さしずめ茜は鋭い棘を持ち、危険な甘い香りを漂わせる真紅のバラだろう。

「……ねえ、片脚立ちの体勢だと疲れちゃうわ」

額に汗を光らせた茜は、鏡ごしに辰男に甘い視線を送ってくる。

「わ、わかったよ」

辰男は結合を解くと、抱えていた茜の左脚をおろした。

「ふふっ、今度は後ろから」

茜は湿った吐息をついて、洗面台に手を添え、ムッチリしたヒップを突きだしてきた。

「鏡の前でバックだなんて、興奮するわ」

茜は洗面台に手をつき、豊満な尻をぷりぷりと揺らした。

はだけたジャケットから赤い乳首を覗かせ、背後に立つ辰男を、正面の鏡ごしに期待に満ちた目で見つめてくる。

（茜ちゃん、そうとう慣れてる感じだな、よし）

辰男は茜の丸々としたヒップを両手でわしづかんだ。

先ほどまでペニスが挿入されていた女陰は、白い本気汁を滴らせながら、真っ赤なヒダを覗かせている。

辰男は、充血した亀頭をぬめ光る女の秘唇に密着させると、一気にペニスを叩きこんだ。

ズブズブッ、バチーッ!!

「あうっ」

茜の体が大きくのけぞった。

挿入に加えて、勢いづいた陰嚢がクリトリスにぶち当たったのだ。

「な、何なの……今の。二重の衝撃があったわ」

茜は信じられないと言わんばかりに、瞳を大きく見開いた。

「さっき茜ちゃんも気づいただろう？　俺の金タマ袋、普通よりも大きいから反動でぶつかるんだ」

「すごいわ……こんなの初めて。姉さんもこれを経験したの？」

「……いや、由奈は恥ずかしがり屋で、正常位のみで……」

辰男はつい、バカ正直に答えてしまう。

「つまり、姉はこの良さを知らないのね」

辰男がうなずくと、茜は優越感に浸ったように口許をほころばせる。

「ねえ、玉木さん、思いっきりぶちこんで」

「えっ……わ、わかった」

辰男は、根元までズッポリとハメこんだペニスを、亀頭ギリギリまでゆっくり引きぬいた。

「はあっ……んんんっ」

キュッと吸いついた膣肉《なか》の締まりが強まるも、あふれる女蜜が肉棒をなめらかに滑らせた。

「いくよ」

鏡ごしに茜の美貌を見つめながら、辰男は思いきり腰を打ちつけた。

ジュブブッ……ビターンッ!!

「はううぅっ」

茜はあごを反らせて、大きく唸る。

かつての恋人の妹——美人美容部員のうっとりした表情と、揺れる乳房を眺めながら、辰男は怒濤の乱打を見舞った。

「おおうっ!」

「はあぁ……玉木さんっ」

辰男が膣奥めがけてペニスを送りこむと、一拍遅れで陰嚢が茜のクリトリスを強打する。

　自分でも信じられないほど、荒々しい猛打を浴びせていた。

　ズブッ……バチーンッ、ズブッ……ビターンッ!!

「ああんっ」

　茜はギュッと瞑った目の端から涙を滲ませ、半開きにした唇から涎までもを光らせる。

　夥しい女蜜が結合部からあふれていた。

「……ねえ、これからも時々会ってくれる？」

　茜はハアハアと呼吸を乱しながら、鏡の中の辰男を見つめた。

　一瞬、考えこんだ辰男だが、

「う～ん、魅力的なお誘いだけど、転職したての身だからね。優先順位は、売り上げ次第かな」

　さりげなくビジネスの話題を持ちだす。

　すると、茜はペニスを女陰に深々とめりこませたまま瞳を輝かせた。

「いいこと教えてあげる、玉木さんにとって重要な情報よ」

「重要な情報？」

「玉木さんをリストラした人事部長の奥さん、実は私の店のお得意様なの」

「えっ、リストラの件、知ってたのか？」

「ええ、姉が一時帰国した時に聞いたわ。詳しいことは知らないけれど『玉木さんがリストラされた』って同期の女性社員が教えてくれたそうよ」

「何だ、先に言ってくれよ」

「……玉木さんのプライドを傷つけるようなこと、したくなかったのよ。で、さっきの話に戻るけど、井本さんて、今は部長じゃなくて専務。つまり、あなたをリストラしたあと昇進したってわけ」

「しょ、昇進？」

愕然とする辰男のペニスを喰らいこみながら、茜は熱い吐息をついて話を続ける。

「リストラの理由はわからない。ただ、井本専務の妻……佳奈江《かなえ》さんは、美白とアンチエイジングに熱心で、美容には金に糸目をつけない美魔女よ。夫の羽振りが良くなったから、今まで以上にお金を落としてくれるはず」

「なるほど、上客を紹介するから、これからもコレが欲しいと」

辰男は再び腰を前後に揺らして、女陰を貫いた。

「はうっ……そう、普段使いの基礎化粧品は私が担当するけれど、他の商品はクリス化粧品を勧めてあげる。それにあの奥さん、小五になる息子の家庭教師の大学生と浮気してるらしくて、ますます美肌磨きに必死だから」

「えっ、浮気？」

「どう？　すごい情報をあげたんだから……これからも、いいでしょう？」

茜は、ねじこまれたペニスをもっと深くまで呑みこもうと尻を振りたてた。

（なんだよ、夫婦してダブル不倫か）

辰男は、美和子とデートしたがためにリストラされた過去を思いだし、怒りまでもが湧いてくる。

「ん……タマタマも欲しいわ」

辰男の胸中など知るはずのない茜は、豊乳を揺らしながらジャケットとブラウスを脱ぎすて、上半身裸になった。

丸々としたお椀型の乳房が現れ、先端には赤い実の尖りが、惜しげもなく鏡に映しだされる。

腰までたくしあがったタイトスカート姿の茜のグラマラスな肢体に目を細めながら、辰男は大きくうなずいた。

（いい取り引きかもしれない。クリス化粧品の売り上げアップに加え、今は専務に昇進した井本へのリベンジになる）

辰男は茜の尻をぐっと掴み、引きよせる。

「その商談、ありがたく受けるよ」

緋色のワレメに亀頭をあてがうと、そのまま肉棒をねじこんでいく。

ズブッ、ズブズブッ……！

「はああっ、んんんっ」

茜が白い歯をこぼしながら、歓喜のあえぎを漏らす。

狭い膣路を突破すると、ペニスはぬるぬるっと深くまでハマりこんだ。

ジュブジュブッ、ビターンッ！

辰男は茜の細いウエストを掴み、のけぞるような姿勢で腰を打ちつけた。

屹立が温かなぬかるみに包まれるたび、女肉の緊縮も激しさを増していく。同時に陰嚢もぶるんと揺れて、クリ豆を強打する。

抜き差しをくりかえしていると、

「はあっ、ダメッ……もうイキそう」

茜はバックから貫かれる己の姿を見つめ、弓型の眉を泣きそうにしかめた。

「まだイッちゃダメだ。茜ちゃんのアソコ、すごいキツマンだよ。チ×ポが千切れそうなほど締めつけてくる。もう少しだけ……」

辰男はズブズブッと最奥まで貫いて、自分の腰を左右に振った。

ハマりこんだペニスが、膣の側面を侵食するごとく押し広げていくのがわかる。

「ああんっ、グリグリされてる……いいっ」

茜はもっと欲しいと訴えるように、辰男の動きに合わせてヒップを左右に揺すった。

ハイヒールから伸びた美脚を徐々に広げて、汗ばむ尻をリズミカルに押しつけてくる。

すかさず、辰男は前から回した手で、茜の秘唇をまさぐった。

「あんっ」

辰男は、茜の濡れた恥毛を掻き分け、硬い突起を見つけると、それをキュッと摘まみあげた。

「はあっ……」

茜は眉間にシワを刻み、美貌を歪める。

辰男は肉芽を捏ね回しながら、緩やかなピストン運動で女陰を突きあげていく。

あふれる蜜のせいで、卑猥な粘着音が化粧室内に響きわたり、鏡に映る茜の乳首は痛々しいほど赤い尖りを見せて揺れはずんでいた。

「茜ちゃんのオマ×コ……すごくキツくて気持ちいい。まったりと絡みついて、たまんないよ」

甘い疼きに包まれながら、辰男は徐々にストロークを速めていった。

金タマ袋がクリ豆を穿つまで加速するのを見計らい、辰男は摘まんだ肉芽から手を離す。

（フィニッシュは、ダブル打ちだ）

辰男は茜の腰ではなく、今度は両肩を摑んだ。

このほうが打力が分散されず、的確に膣奥に衝撃を与えられるとAVで知ったばかりだった。

ジュブッ、ジュブッ、ビターンッ!!

「ああっ……これよ、クリもアソコも気持ちいい。たまらない……」

「俺もだよ。ああっ、ますます締まってくる」

「ン……もうすぐイキそう……もっと強く！」

髪を振り乱して嬌声を放つ茜を見つめながら、辰男は渾身の力で肉拳を浴びせまくった。

息があがるのを必死でこらえ、粘膜が溶けあうほど強く、最後の力を振り絞る。

「うおおっ、おおっ」

辰男は唸り声とともに、蠢きながら吸着する女陰を荒々しく貫いた。

抜き差しの衝撃で、振り子さながらに揺れるタマ袋が、茜のクリトリスを猛打している。

「はあっ、イク……イクの……今よ！」

茜が細い首に筋を浮きたたせながら叫ぶと、辰男は茜の腰を引きよせて、とどめとばかりに強烈な一撃を叩きこんだ。

「あっ、ああっ、いやぁあああ……ッ!!」

粒汗を飛び散らせながら、女体が弓なりにのけぞった。

その直後、

ドクン、ドクン、ドクドク──

猛スピードで尿管を這いあがる熱汁が、収縮する膣奥で激しくしぶいた。

「ああ、ビクビクしてる」

恍惚の表情で呟く茜の膣内《なか》で、脈動はしばらく続いた。

辰男が、最後の一滴まで噴射したのを確認してペニスを引きぬくと、茜は満足げな薄笑みを浮かべたまま、その場に崩れ落ちた。

第四章　催淫効果

1

「卓くんたら……パーティには来ちゃダメって、あれほど言ったじゃないの」

「ゴメン、どうしても佳奈江さんのドレス姿が見たくて……でも来てよかった。このブルーのドレス、すごくセクシーでお似合いです」

「ふふっ……嬉しいわ。でも夫もいるんだから、今はキスだけで我慢して」

美熟女は身を乗りだし、彼の唇にピンクのルージュで彩られた唇を重ねた。

「ン……」

男の手が彼女の華奢なウエストから続く、キュッとあがったヒップへ這いおり、捏ね回す。

「っ……ダメよ。誰かが来たら……」

美熟女は甘い声で拒むが、言葉とは裏腹に腰をくねらせ、さらに唇を押しつけた。

――赤坂にある外資系ホテルのパーティルームのフロア。

飾花のオブジェで死角となった人気《ひとけ》のないエリアで、ロイヤルブルーのドレスをまとい、二十歳前後の青年とキスを交わす美熟女は、茜が教えてくれた井本専務の妻、三十九歳の佳奈江である。

相手は、彼女の小五になる息子の家庭教師の大学生だ。

社交場にふさわしい着飾った男女が行き交う中、デニムにボタンダウンシャツというカジュアルなファッションに身を包む若者はかなり浮いているが、佳奈江は気にする様子もなく、年下男との束の間の逢瀬に浸っているかに見える。

(もう少し待ったほうがいいな)

辰男はパーティションの裏に立ち、二人の様子をうかがっていた。

今夜は、辰男がリストラされた健康機器メーカー、Ｊヘルスケアの二十周年パーティである。

辰男をリストラしたのち、人事部長から専務に昇進した井本の妻も出席することを茜から聞きだし、営業がてらはせ参じた。

茜の言葉がよみがえる。

――佳奈江さんは美容に金を惜しみなく落とす美魔女よ。年下の大学生と浮気中だから、さらに美容に熱心なの。

その言葉通り、シルクのような白肌、スリムだが凹凸に富む女性らしいプロポーション、艶かなミドルレングスのヘアに包まれた端正な面差しはノーブルな印象だ。黒目がちの瞳に高い鼻梁、形のいい唇――口もとのホクロのコケティッシュさも加わって、遠目にも男を奮い立たせるフェロモンをふんだんに漂わせていた。

(ヤバい、勃ってきた)

濃厚な接吻の現場を目の当たりにした辰男の股間が、ムクムクと盛りあがってきた。

(あいつ、大学生の分際で、まったく……)

興奮と嫉妬めいた感情が沸々とわきおこり、さらに勃起が熱くなる。

(茜ちゃんが言ってたとおり、本当に不倫してるんだな。よし、彼女に我が社の商品を売りつけて、あわよくば……)

辰男は前のめりになって、忍び足で二人に接近した。

数メートルまで近づいても唇を押しつけ合うカップルは、辰男に気づいていないようだ。

むしろ時間が経つごとに、舌を絡め合わせるディープキスへと発展していく。

佳奈江のヒップを揉みしだく青年の手も強く大胆になり、ドレス生地が破けるのではと辰男がハラハラするほど尻肉を捏ね回していた。

(おいおい、大丈夫か……それにしても、夫婦そろってダブル不倫とは)

勃起の理由がこの若者と美妻の逢い引きだと思うと、いや、それとは別に井本専務の愛人、美和子とデートしたツケが辰男自身のリストラに繋がった記憶も湧きおこり、急激な怒りがこみあげてきた。

(よし、今だ)

辰男は思いきって立ちあがり、

「あれ、もしかして、井本佳奈江さまではありませんか?」

さも偶然を装って声をかけると、二人は弾かれたようにキスを解いた。

辰男の姿を認めた青年は、「し、失礼します」とあたふたして去っていった。

残された佳奈江が唖然とする中、辰男は胸ポケットから名刺を差しだし、

「わたくし、以前Ｊヘルスケアにおりました玉木辰男と申します。今はクリス化粧品に勤めております。井本部長……いえ、井本専務には大変お世話になりまして、奥さまとも新年会などで何度かお目にかかったはずで——」

丁重に頭をさげた。

佳奈江は名刺を受けとると、一瞥し、

「クリス化粧品……ああ、美白がウリの会社よね。しかもお高いことで有名よ。主人ならパーティ会場にいるわ」

高慢とも言える視線を辰男に向けた。

むろん、Ｊヘルスケア時代に辰男と会った記憶を引きだそうとする様子は微塵もない。とにかく早く話を打ちきって、あの青年を呼び戻したいという気持ちが丸出しである。

ムッとしたが、ここはあえて営業スマイルを返し、

「今日は奥さまにお願いがあってまいりました。弊社の商品をご紹介させていただけないでしょうか？」

近くから見てもシミひとつない白肌と美貌に圧倒されながらも、強気で告げた。

予想外の言葉に、佳奈江は眉間にシワを寄せて不快感をあらわにすると、

「あなた、図々しいのもいいかげんになさい！　退職した会社のパーティ会場にのこのこ現れて、しかも、この私に営業だなんて……私は、もうすでに贔屓にしている化粧ブランドがあるの！」

そうまくしたててきた。

「S社の三倉茜さんとは話をいたしました」

「えっ、茜さんとお知り合いなの？」

「はい」

「……どういうこと？」

「率直に申し上げますと、奥さまが愛用なさっているS社の基礎化粧品以外の商品は、弊社のものをお勧めしたほうがいいとのことです」

「茜さんがそんなことを……」

「実は茜さんは弊社の商品をこっそりご愛用くださっているのです。それで、上客である奥さまにも、ぜひと……。奥さまが美しくなれば、先ほどの家庭教師の彼もさらに喜ばれるかと」

辰男の営業スマイルが意味深な笑みに変わると、佳奈江の頬からサッと血の気

が引くのがわかった。

「どうして、それを……」

「わたくしも、職業柄さまざま情報が入ってきておりまして」

「も……もしかして、茜さんが？」

「情報源は教えられませんが、茜さんでないことは確かです。でも証拠はありますからね」

　辰男は毅然と告げた。

「あ……あなた、私を脅迫する気？」

「とんでもございません。わたくしは奥さまにさらに美しくなっていただきたいだけです。美容に男女の秘め事は不可欠。今年五十八歳の井本専務だけでは物足らないことは、十分お察しいたします」

　佳奈江はしばし無言で考えこんだのち、

「場所を変えましょう。部屋をリザーブしてるの。玉木さん、いらして」

　踵を返すと、キュッとあがった形のいいヒップを揺らしながらエレベーターへと向かった。

2

「……で、私に商品を買ってほしいと?」

夜景が広がる高層階のツインルームのドアを閉めるなり、佳奈江は辰男を見つめ、アイラインで縁どられたまなじりをあげた。

どの角度から見ても整っているだけに、まっすぐに見つめられるとドキッとしてしまう。口もとのホクロがいっそうセクシーさを際立たせている。

「そ、そうですね」

まさか部屋に呼ばれることになるなど想定外だったため、辰男は広々としたツインルームに目を泳がせた。

間接照明がムーディに照らすそこは、クイーンサイズのベッドが二脚と応接セット、ダイニングテーブルにライティングデスクまでが設えられた豪華な空間だ。

今夜はあの年下男と過ごす予定だったのだろうか。

「とりあえず、おかけなさい。ルームサービスでワインでも取る?」

ゴブラン織りのソファーに腰かけた佳奈江が、辰男にも着席を促した。

「い、いいえ……お気づかいなく。わたくしはただ商品の説明をさせていただきたいので、いまパンフレットと試供品を」

そこまで言って「おっ」と目を光らせた。

腰かけた佳奈江のドレスの左側に深いスリットが入っていたのだ。

極薄のストッキングに包まれたしなやかな美脚と柔らかそうな太腿が否応なく視界に入り、辰男は目のやり場に困った。

(すごく色っぽい……でも、今は自分のペースを崩してはダメだ)

勃起は相変わらず硬さを保ち、尿道口から先走り汁がジュワ……と滲み出ているのがわかった。

辰男はドギマギする心中を悟られまいと、佳奈江からやや離れた左側に座り、バッグからパンフレットと商品を取りだす。当然、スリットからチラ見えする太腿が気になって仕方ないが、ここはプロに徹せねばと、己を鼓舞した。

テーブルにパンフレットを広げ、数本の化粧ボトルを置く。

気を落ち着かせるために呼吸を整え、

「奥さまのように美肌を保っていらっしゃる方にこそご使用いただきたい商品を、

ピックアップいたしました。まずはこちら、肌の新陳代謝を促すレチノールと、美白成分をミックスした美白美容液でございます」

辰男は直径三センチ、高さ十センチほどの円柱型のミニボトルを手にした。キャップを外した上面をプッシュし、白濁の液を手の甲に二、三滴たらすと、指腹でなじませる。

「こうやって肌に吸収させていくと、古い角質がよりスピーディーに取り除かれて、肌本来が持つ透明感ある美肌に生まれ変わるのです。奥さまのお手にもお試しさせてください」

「え、ええ……」

佳奈江は上品なピンクベージュで彩られたネイルを輝かせながら、辰男の前に優雅に手を差し伸べる。

シミはもちろん、アラフォー女性にありがちな手の甲の血管の浮きも微塵もない。

文字通り、白魚のような手だ。

「美しい手でございます。年齢は手に現れると言いますが、奥さまにはまったくそれが見られない。生まれ持った美しさに加え、セルフケアも万全になさっているのでしょうね」

辰男が賞賛を述べながら、佳奈江のほっそりした手を取った。

（おお、吸いつくような肌だ。しっとりした肌の女性はアソコも濡れやすいってＡＶ男優が言ってたっけ）

そんな邪《よこしま》な男心など知るはずもない佳奈江は、美貌を褒められるのを待っていたかのように「あら、わかる？」と気を良くし、

「もちろんよ。手荒れを防ぐために食洗器を使っているし、ハンドマッサージも欠かさないわ。就寝時もたっぷりとハンド用の美容クリームを塗ってからシルクの手袋をはめているの」

自慢げに語った。

「そうでしょうね。まるで奥さまの手自体がシルクのようでございます。では、美容液を垂らします」

佳奈江の手の甲に美容液を数滴たらすと、

「あら、サラサラしているのに、しっとりと馴染むのね。香りも気に入ったわ」

もう一方の手で美容液をなじませながら、高い鼻梁を寄せて匂いを嗅いでいる。

「シワに効く白檀《サンダルウッド》やゼラニウムも配合されています。微量ですが、催淫効果

のあるジャスミンも……」

「催淫効果……？」

「殿方を引きつけ、ご自身も淫らな気持ちになるという成分です」

一瞬の間があったが、佳奈江は「そう」と大人の余裕の微笑で受け流す。

その微笑が何ともミステリアスな魅力に満ちて、辰男はますます自分のペースを保つのに必死だった。

美保や波子、茜のように自分の意見をストレートに伝え、何よりも欲望を前面に出してくれるほうが、ある意味扱いやすい。

「お気に召しましたか？」

「気に入ったわ。これ買おうかしら」

「ほ、本当ですか？　ありがとうございます」

「カード払いでいいわよね。おいくら？」

「二十ミリグラムで二万円となります。……で、奥さまの場合、基礎化粧品はS社のものをお使いですので、四本ワンセットでお求めいただきたいのですが」

辰男はやや強気の勝負に出た。

一本単位で購入されても、大した売り上げには繋がらない。まとめて購入させ、なおかつエステ会員にもなってもらうよう、他の客同様に三十万の売り上げを目標としていた。

すると、先ほどまでエレガントな表情を見せていた佳奈江が不快に顔をしかめた。

「二万円？　たったこれだけの量で？　しかも四本セットってどういうこと？」

辰男は内心、焦りながらも冷静に、

「はい、社の方針でございます。本来ならクレンジングから化粧水、乳液、美容液、クリームやパックとセットでご購入いただいているのですが、奥さまに限っては、茜さんとの話し合いで例外となりますので……。当社は研究にも力を注いでおり、少々お値段は張りますが、その分、確実な効果も期待できます」

淡々と説明しながらも、辰男はスリットから覗かせる美脚に、つい目が行ってしまう。

「四本まとめてだなんて、納得いかないわね。茜さんのS社では購入数を強制されたことなどなかったわ」

「そ……それは、S社と弊社の経営理念の違いで……」

「あなた、私からぼったくる気？」

「と、とんでもございません。私は奥さまの美しさに磨きを……」

佳奈江をなだめながら、胸の中で悪態をついた。

(なんだよ、茜ちゃんが言ってた『金に糸目はつけない』って話と違うじゃないか。でも、何が何でも最低三十万円は落としてもらうぞ)

――必死で画策を練るうちに、唐突に苛立ちがこみあげてきた。

この美しい人妻は、私的な理由で自分をリストラに追いこんだ憎き上司の愛妻。しかも昇進したというからには、夫婦ともども今までより数段リッチな生活を送っているだろう。そのうえ、夫はキャバ嬢を愛人にして中途入社させている公私混同も甚だしい非常識極まりない男。妻は妻で年下の不倫相手とよろしくやっている不貞妻――

これは、何かしらの天罰をくださねばならない。

まずはこの生意気な美熟女の鼻っ柱をへし折ってやりたい。

「奥さま、わたくしの前でドレスを脱いでいただけませんか?」

思わず、そう告げていた。

「はぁ?　あなた、何を言いだすの?」

佳奈江は驚きに目を丸くし、失笑した。

それが余計に辰男の怒りの炎に油を注いだ。

「いいえ、化粧品を販売する身として、奥さまのボディも拝見したいと思いまして。弊社の商品は顔からボディまで全身ご使用になれますので、ぜひ」

苦しい詭弁だが、平然と言いつのった。

辰男は女性を辱《はずかし》めるサディストでもなければ、嫌がる女性を無理やり犯すレイピストでもない。

しかし、この時ばかりは憤怒と苛立ちの感情が混在して、佳奈江のプライドを傷つけたくなったのだ。

もちろん、煽情的な佳奈江の体を舐めるように鑑賞したい衝動にも駆られていた。

「お断りよ、バカげてる。人を呼ぶわよ」

佳奈江のこめかみに怒りと緊張が走るのがわかった。

しかし、辰男は容赦しない。

「どうぞ、お呼びください。その代わり、家庭教師との不倫を井本専務に話します」

「なんですって」

「実は、先ほどのキス動画をスマホで撮影していましたので……」

辰男はスーツのポケットからスマホを取りだした。

もちろん、撮影などしていない。とっさに口から出たデマカセだが、この一言には佳奈江にとって絶大な効果があったようだ。

「あ、あなた……なんてことを……ッ！」

佳奈江の取り乱した声が室内に響く。艶やかな唇をわなわなと震わせた。

しかし、屈辱的な表情も、むしろ美しさが際立ち、辰男の股間を否応なく煽ってくる。

しばらく沈黙が続いたが、

「……わかったわ。言う通りにする。ただし、決して他言しないで、動画も削除することを約束して」

観念したように、佳奈江が唇を真一文字に引き結んだ。

「承知いたしました。守ります」

辰男がスマホをポケットにしまうと、佳奈江は意を決したように立ちあがった。

スリットから見え隠れするしなやかな美脚を優雅に交差させながら歩くと、ソファー横の窓辺に立った。

夜景が後光さながらに、彼女を背後から照らしている。

が、その表情は逆光でもわかるほど紅潮し、羞恥を滲ませていた。

なぜ、私がこんなことに――？

声にせずとも、彼女の叫びが聞こえてくるようだ。

佳奈江は背後のきらめきをバックに、屈辱に顔を歪めながら、ドレスの肩紐をおろし、細い腕から抜いた。

美しい肩のラインと、蓮の花にも似た鎖骨が現れる。

辰男は息を呑んだ。ノリで話したことが実現している事実に、昂りがさらにエスカレートしていく。

美しさをあがめる気持ちとともに、普段なら決して思いもしない、サディスティックな衝動が股間の盛り上がりとともに湧き立ってくる。

が、肩紐を抜いた時点で、佳奈江は急に動きを止めた。

「どうされました？　奥さま」

「やっぱり……どうしてもドレスを脱がなきゃならないの？」

先ほどの意気込みはどこへやら、急に怖気づいたようだ。

羞恥に潤んだ瞳が哀願ともとれる光を放ち、夫の部下の前でなぜドレスを脱がねばいけないのかという理不尽さを全身から滲ませていた。

頬はもちろん、耳まで真っ赤に染めあげている。が、辰男の目にはそれがかえってひどくエロティックに映った。

普段は決してありえないが、鼻っ柱の強い女を屈服させる優越感に少しばかり浸ってしまう。

「もちろんです。さあ、さっさとドレスを取り去ってください」

辰男が声を強めると、佳奈江はしばらく言葉を詰まらせていたが、やがて背中のファスナーに手を回した。

ジジジ……とジッパーがおろされる音が響く。

辰男は息を殺した。

ドレスの上からでも水も滴るようなセクシーさなのだ。脱いだらいったいどんな麗姿が拝めるのだろう。ズボンの股間ははち切れそうなほどパンパンに勃起していた。

ハラリ……

夜景をバックに、佳奈江を包んでいたドレスが花びらのように床に落ちた。

(おおっ)

真っ先に目についたのは、ドレスに合わせたブルーのガーターベルトだ。

なんと佳奈江はガーターベルトを着け、太腿の位置までのストッキングを吊っていた。そのうえ、ひとめで高級とわかるランジェリーも同色のストラップレスブラで、胸の谷間も艶めかしい。

また、スタイルの良さも際立っていた。ドレスの上からでも女らしい凹凸を拝むことができたが、一皮むくと、予想以上にくびれた腰が悩ましく、ハリのある太腿から続く美脚が、ハイヒールから伸びている。

夜景がきらめく豪華な空間に、最高にマッチするセクシーな組み合わせだ。

(すごい、生のガーターベルトの女なんて初めて見たぞ)

そのうえ、ダウンライトを浴びた肌は三十九歳とは思えぬほどツヤとハリに満ち、女性らしい完璧な曲線を描いている。

Fカップはあろう豊乳から続く華奢な腰、そして急激に張りだしたヒップが、辰男の股間をダイレクトに疼かせる。

しかし、目をしばたたかせる辰男から逃れるように、佳奈江は背を丸めて、胸元や恥丘を必死に手で隠している。

「ドレスを脱いだんだから、もういいでしょう……？　こんなの……恥ずかしすぎる」

佳奈江は今にも泣きだしそうだ。

「何か勘違いされていませんか？　わたくしは奥さまの美しさをより引きだすために、ドレスを脱いでくださいと言ったまでです」

「……なによ、脅迫じみたことをして」

苦渋の表情をする佳奈江に、辰男は容赦しなかった。

「ブラはご自身で取られますか？　それとも、わたくしがお取りしましょうか？」

「な、何ですって……？」

「まさか、このままランジェリー姿だけを拝ませて終わりとは思われていませんよね」

辰男はこれ見よがしにポケットからスマホを取りだして、ゆらゆらと揺すった。

何を言わんとしているかは、佳奈江も理解したようだ。

「ひどい……」

「ご主人を欺いて、息子さんの家庭教師と不倫する奥さまのほうが、ずっとひどいと思いますが」

「うっ」

「答えないのなら、わたくしが脱がしますよ」

辰男は立ちあがり、ゆっくりと窓辺に歩み寄る。

「ま、待って……」

「もう待てません」

辰男は、怯える佳奈江と視線を絡ませながら、彼女の細い腰に手を回した。そのまま唇を重ねていた。佳奈江の唇は震えていたが、柔らかで温かい。そして香水の甘い匂いが、さらに辰男のいきり立つ股間を疼かせる。

（ああ、俺、井本の奥さんとキスをしてる……この香りは……ムスクか）

雄のジャコウジカの生殖腺から抽出されるムスクは、興奮作用、強心作用を持つとされ、性フェロモンの一種とも言われていることを研修で習った。

辰男はためらうことなく舌を差し入れた。

「ンッ……」

佳奈江が淡くあえぐ。辰男の脳裏に先刻の家庭教師とのキスシーンが思いだされた。

年下男に負けてなるかと、妙なライバル心を抱きながら、辰男は舌を絡め唾液を啜った。

ニチャ……クチュッ……

「あ……ンッ」

佳奈江は観念したように、辰男にされるがままだ。

やがて、辰男は佳奈江のすべらかな背中に手を回し、ブラのホックを外した。

「ああっ……」

ブラジャーが落ちた。

ぷるんとまろび出た乳房は、ミルクプリンのように白く瑞々しい柔らかさを持ち、直線的な上面を充実した下乳が支えている見事な釣り鐘型である。

（おお、セクシーすぎる）

乳首も、とても十一歳の息子がいるとは思えぬほど初々しいピンク色に染まっており、興奮のためか、丸い乳輪もふっくらと膨らんでいる。

「セ、セクシーです」

辰男は思わず腰を屈め、ツンと勃つ乳頭を口に含んだ。

「ン……」

乳首は口内でさらに硬さを増していく。

(か、感じてくれてる……?)

辰男の手が下乳をすくうようにやわやわと揉みこねる。手指に吸いつくほどしっとりとした感触を味わいつつ、舌先で乳輪を丸くなぞり、下から上へピンと弾き、側面も余すことなく舐め回していく。

辰男の勃起も唸るようにいっそうズボンを突きあげてくる。いや、憎むべき男の愛妻だからこそ、寝取る興奮が存在するのか。

クチュッ……ピチャ……

「ああっ……くっ」

佳奈江は肩を震わせた。最初こそ拒絶の色を隠さなかったものの、その声は明らかに欲情している女のあえぎだった。

「奥さま……キレイな乳首がビンビンに勃ってますよ。ご主人の元部下に乳首を舐められて、感じてしまったのですか?」

「うっ……いや」

「ああ、そうか……先ほどの家庭教師の彼との逢瀬を無理やり中断させられたから、欲求不満でしょうか?」

「ち、違う……」

抗いながらも、佳奈江は窓辺に背を預け、乳房を突きだすように囁いた。相手が夫の元部下であることは、すでに頭にはないらしい。それとも逆に自分を誘惑して、優位に立とうとしているのか？

佳奈江は濡れた唇を半開きにして、身を任せようとしている。

甘ったるい汗の匂いがムスクと混じり合い、さらに濃く香る。

（こうなったら、やるしかない。たとえこれが佳奈江さんの仕かけた罠だとしても……）

辰男は一方の手を佳奈江の下腹にあてがい、パンティの上から気持ちをこめてさすり始める。

「ン……ン」

乳首を吸われながら、敏感な恥丘を刺激された佳奈江の下腹が小刻みに震えだした。まるでもっと激しくと訴えるように、ふっくらした下腹をせりだしてくる。

（すごく感じてくれてる。これは演技なんかじゃないよな。よし、このまま……）

辰男は手をワレメへとおろし、パンティごしに女陰を押し揉み始めた。

「あ……ッ」

佳奈江の体がビクッとのけぞった。

辰男は、柔らかな粘膜が薄布ごしにぐにゅぐにゅと指を沈めていく。

（ああ、パンティがこんなに濡れて……）

辰男が柔肉を弄るたび、薄いパンティ生地にあふれる蜜が染みこんでいくのがわかる。かすかにグチュリ……と卑猥な音を立てながら、深い沼のごとく蠢く指をぬらつかせる。

そのたび、佳奈江はくぐもったあえぎを漏らし、肩を震わせて、敏感な反応を見せた。

窓辺に寄りかかったまま、辰男の愛撫に美しい肢体を波打たせ、すべすべの太腿を震わせている。

徐々に熱い粘液を滴らせる女陰をひざで圧そうと、辰男が片足を持ちあげた時、

「も、もうダメ……パンティを脱がせて」

佳奈江はガラス窓にもたれかかったまま、甘く囁いた。

「えっ」

「悔しいけど……あなたの愛撫、丁寧で上手よ……だから早く、パンティを……」

誘うように腰をくねらせる。

辰男は突っ張る股間を気にしつつもスマートにひざまずき、佳奈江のふっくら盛りあがる恥丘を覆うパンティを凝視した。

卑猥なヴィーナスの丘の下には、うっすらと縦すじが見えている。

セクシーなガーターベルトの繊細な刺繍や、汗ばむ太腿までもが手に取るようにわかるのだ。

メス特有の甘酸っぱい匂いが立ちのぼり、辰男は欲情に息を震わせながら、その生々しくも甘美な芳香を胸いっぱいに吸いこんだ。

食いこんだハイレグパンティの脇を摑み、ゆっくり引きおろすと、

「おお……」

女臭がムッと濃厚に香る。

さらにおろしていくと、ワレメを覆う楕円型に手入れされた陰毛が顔を覗かせた。

（ああ、いやらしい匂いがさらに濃くなってきた。それにしてもこの肌ツヤと美脚……）

美脚をすべるパンティ裏には、ぐっしょりと佳奈江の愛液が染みこんでいる。

そこからも淫らな香りが漂い、辰男の脳内をクラクラとさせた。

細い足首から抜きとったパンティ裏を見ると、涙形に濡れた愛液のシミで変色している。

思わずパンティに染みついた匂いを嗅ぎたい衝動に駆られるが、あくまでも紳士的に足元に置く。

「わ、私の体……どうかしら？」

ガーターベルトとストッキング姿で、佳奈江は媚びた恥じらいを見せると、

「魅力的という言葉しか見つからない、それが本心です」

辰男は淀みなく言葉を返した。

茜のダメ出しが思わぬところで役立った。

女というのは、常に称賛されたい生き物なのだ。これは、辰男がセールスマン生活で覚えたことの一つだ。

「……それで、私をどうしてくれるの？」

先ほどとはうって変わって、まるでお手並み拝見と言わんばかりにアゴを反らし、高い鼻先ごしに辰男を見おろす。

「まずは、奥さまの一番美しい部分を愛《め》でさせてください。階下ではご主人の会

社のパーティが催されている。それだけでドキドキされませんか?」

辰男は薄い陰毛に縁どられた秘唇に両親指をあてがい、そっと左右に広げた。

「……ぁッ」

佳奈江が期待とわずかな戸惑いを滲ませた声をあげる。

辰男の眼前には、生々しくも鮮烈な赤い粘膜が濡れ光り、ジュワ……と粘つく女汁が滲んできた。

(おお……これが井本専務の奥さんのオマ×コか。子供産んでもキレイなもんだ)

肉ビラは厚みがあるが、意外にもサイズは小さめだ。スイートピーの花弁ように淫唇が可憐にうねり、人妻の色香を隠しきれない。

ワレメに顔を寄せ、再度、胸いっぱいに性臭を吸いこむと、差し伸ばした舌にすべてを集中させ、チロチロとワレメをねぶり始めた。

クチュッ……

「あんっ」

ほんの少し舐めただけでも、佳奈江は腰を跳ねあげた。

太腿を震わせると同時に、大量の粘液があふれだす。

辰男は、ヨーグルト風味の女汁をネロネロと舌ですくいとりながら、

「美味しいですよ。奥さまの味……井本専務は……いや、あの家庭教師も、これを存分に味わっているんですね」

ズブリ……と尖らせた舌先を奥まで挿入し、上下左右に躍らせる。最初こそ尖らせた舌先だけでの愛撫だったが、いつしか緋色に充血した粘膜を舌腹でねぶったり、股間に顔をうずめて肉ビラを口に含んでしゃぶり回していた。

「うッ……あぁ、あッ……」

佳奈江は今にも崩れそうにひざを震わせるが、股間をぐっと押しつけてくるところをみると、本当のところはまだ物足りないらしい。

(アレをつかうのはもう少し待とう)

辰男はあふれる蜜を啜り、膨らんだクリトリスを舌先で弾いた。

「ああっ……そこ、そこが一番感じるの……はあっ」

ほんの少しの刺激でも、クリトリスはやはり女の泣き所だった。

佳奈江の真珠大の肉芽は、包皮が剝け赤い突起が顔を出している。

辰男は左右の肉ビラをさらに広げて、クリ豆を露出させ、慎重に舌先でチロチロと舐めあげた。

「ああっ……上手よ……玉木さんの舌づかい……すごく上手……はううっ」

甲高い声で叫ぶたび佳奈江は、辰男の後頭部を摑んで自らワレメに押しつけてくる。

辰男の息苦しさなどお構いなしにだ。

女の貪欲さを目の当たりにしながらも、懸命に舌を上下左右に蠢かせて肉真珠の愛撫を続けた。

「ンッ……いいわ……ああ、今度はクリを思いきり吸って」

「か……かしこまりました」

辰男は口許を愛液でドロドロにしながら、突起に吸いついた。チュッ、チュッとついばむように膨らんだクリ豆を吸いあげると、

「はああっ……くうっ……いいわ……すごくいい」

下肢をガクガクと震わせながら、佳奈江は辰男の頭を掻き乱した。

佳奈江が全身を大きく揺さぶったため、ガラスのきしむ音が響く。

愛液は酸味とえぐみを増し、より粘着質なものへと変わっている。舌を躍らせ、むしゃぶりつくたび、いやらしく糸を引くのがわかった。

「もっと強くよ」

佳奈江はなおも恥丘をせりあげて、濃厚なクンニリングスを求めてくる。とどまることを知らない愛液が、ガーターベルトで吊られたストッキングに幾筋も卑猥な水跡を描いていた。

（はあ……もう限界だ。舌の根が痺れて、全身汗だくだ）

辰男は唐突にワレメから顔を離した。

「えっ」

快楽から一転、放り出された佳奈江が「なぜ」という表情で辰男を見おろす。

「奥さまにいいものがございます」

突然、クンニリングスを止められた佳奈江の困惑顔を眺めながら、辰男は床に置いていたバッグから、黒い棒状のモノを取りだした。

長さ十五センチ、直径三センチほどのそれは、先端にマイクのような丸いヘッドがついている。

「な、何……？」

怪訝な顔をする佳奈江の前に、辰男は黒いマイク状の物体を差しだした。

「これは以前、Ｊヘルスケアで、わたくしが売っていたハンドマッサージャーです。先端の丸いヘッド部を患部に押し当て、スイッチを入れると――」

ヴィヴィーン!!

機械音を反響させながら、ヘッド部分が激しく振動した。

「いいでしょう？　わたくしは来る日も来る日もこれを売り続けました。一時は営業部トップにまで昇りつめたんですが、突然リストラされ……」

「リストラ……だったの？　知らないわ。だから何？　私には無関係よ」

「ごもっともです。ただ、これを売っていた時、どうしても試したいことがあり、それを今夜、奥さまに……」

「な、何をする気？」

釣り鐘型の乳房を露出させ、ガーターベルト姿でガラスに張りついたまま、佳奈江は怯えてもなお、艶を失わぬ頬を引きつらせた。

「先ほどの美白美容液をハンドマッサージャーに塗って、奥さまに試したいのです」

「ハンドマッサージャーで……試す？」

「はい、先刻も申したように、美白美容液は古い角質を剝離させて肌の再生を促す成分レチノールと、美白成分をミックスさせた画期的な美容液です。幸い、ハンドマッサージャーは防水加工されている。濡れても安心です」

「濡れてもって……一体どこに？」

「それをわたくしの口から言わせるおつもりですか？」

「……まさか」

「ふふっ、美容液を奥さまのアソコに使うと粘膜がなめらかになり、今まで以上に膣が敏感になります。当然、感度も締まりもアップすること間違いなし。全身にご使用できますから、奥さまの美肌はもちろん、彼とのセックスにも効く優れものです」

辰男は器具のヘッド部分に美容液を垂らし、掌でまぶした。

次いで、胴部のスイッチを入れた。

ヴィヴィーン、ヴィヴィーン！

「ァ……待って」

佳奈江が叫ぶが、

「逃げてもいいんですよ」

辰男が瞳をギラつかせたさなか、佳奈江の内腿にトロリ……と新鮮な愛蜜が伝い落ちてきた。

「あ……」

「奥さまのお体は正直だ」

辰男はブルブルと振動する先端を、ゆっくりと佳奈江のワレメに近づけた。

ひざまずいたまま、右手で持ったハンドマッサージャーの振動する先端を、濡れそぼる女陰の中心に押し当てた。

ヴィヴィーン！

「ヒッ、ああっ！」

佳奈江は体を大きくたわませ、窓ガラスに爪を立てた。

辰男は亀頭にも似たハンドマッサージャーの頭部で肉ビラをめくり、ワレメに沿ってゆっくりと前後させていく。

「あう……くうっ」

ぬめ光る愛液が噴きだし、内腿をたらたらと垂れおちる。

すでに先ほどのクンニリングスで十分な前戯がなされているのだ。挿入を待ち侘びているのは当然だろう。

「はあぁあっ……くううっ」

「欲しいですか？　でも、まだ入れてあげませんよ」

辰男は突っ張る勃起を必死にこらえながら、佳奈江の濡れ溝に沿って器具をすべらせ、浅瀬にクチュリ……と差し入れた。

「はあ……ッ」

一瞬、挿入を確信したような声が響くが、辰男がそれ以上奥への刺激をせずにいると、佳奈江自ら腰を下方へと移動させ、無理やりヘッドを呑みこもうとしてくるではないか。

「奥さま……まだ、お預けですよ」

辰男は手に持ったマッサージャーを逃がしては、触れるか触れないかの絶妙なタッチで膣口を嬲っては、佳奈江の欲望を宙づりにした。

膣口からは滲みでる愛蜜が内腿を伝い、ガーターで吊られたストッキングをぐしょ濡れにさせていく。

立ちのぼる女臭は、いっそう獣じみた匂いを放ち、淫靡な空気を色濃くしていった。

ヴィーン、ヴィヴィーン……

簡素な機械音だけが、室内に響いている。

「い……いじわる……もう、我慢できないの。入れて……」

しばらくして、佳奈江は切迫した声をあげた。

「専務夫人ともあろう女性が、リストラされたセールスマンに挿入をねだるなんて、ハレンチなお方だ。ご主人が知ったら何ておっしゃるか」

「いやっ、主人のことは言わないでッ！」

大声をあげて我に返ったのか、佳奈江は一転して健気な面持ちで眉根を寄せ
「お願いします……」と懇願してきた。

「予定では、焦らしまくってから挿入するつもりだったのですが……わかりました。ただし一つだけ条件をつけましょう。どんなに感じてもアエギ声は出さないこと。いいですね」

「えっ」

佳奈江の驚く顔を見つめながら、辰男はＡＶで観た禁止プレイを思いだしていた。

「経験豊富な奥さまなら、禁止事項を与えられることで興奮が高まるなど、すでにご存じでしょう。それに、あなたのような悠々自適に暮らす専務夫人には、お仕置きが必要だ」

「えっ……ま、待って」

辰男は有無を言わせず、激しく振動する先端を洋紅色のヴァギナにねじこんだ。

ズブッ、ヴィーン!!

「あうっ」

「声は出さないでください」

辰男は右手で握りしめた器具を、さらに膣奥深くまで挿し入れ、振動レベルをマックスにした。

ヴィヴィーン!!

「くっ……はあううっ……く」

佳奈江は耐えきれないのか、ギュッと目を瞑り、唇を引き結ぶ。

腰をガクガクと前後に揺らめかせるが、辰男の左手が肉づきのいい佳奈江の尻を摑み、強制的に動きを封じた。

汗ばむヒップを摑んだまま、無理やりガラスに押しつけると、子宮口まで突き入れたマッサージャーの先端をぐるりと回して膣内を攪拌した。

グジュ……ッ!

「ヒッ」

佳奈江は喉まで出かかった悲鳴を懸命に押し殺した。

感じても声を出してはならないという、辰男の命令に従おうと下唇を嚙みしめている。

「いかがですか？　たっぷりとアソコに美容エキスが沁みこんでますよ」

辰男はもう一度、膣内を掻きまわし、取っ手にあるボタンを押すと、
ズン、ズン、ズズン！

振動のリズムを変えた。

「くうっ……ああ」

佳奈江は全身を震わせながら、いやいやと首を振る。

ミドルレングスの髪が揺れ、汗交じりの甘い香りが、辰男の鼻孔をついてくる。

辰男の興奮に拍車をかけるように、釣り鐘型の乳房が上下に弾んでいる。

「ああ、いい表情だ。これは十種類のバイブレーションが味わえるんですよ。順番に試しましょう」

辰男は目を細めると、膣口ギリギリまで器具を引きぬき、再びズブリと叩きこんだ。

さらにスイッチを切り替える。

ダダダッ、ダダダッ……と、佳奈江の膣内を叩くリズムが激しさを増す。

辰男は、自分でも驚くほどサディスティックな気持ちで、ブルーのガーターベ

ルトで彩られた太腿のあわいに咲く女唇めがけて、器具を穿ちまくった。

下から尾てい骨めがけて斜めに、次はGスポット目がけて——不規則なリズムを刻むバイブレーションが佳奈江の女膣を、侵略さながらに責めまくっている。

「はあ……ッ、くぅ」

佳奈江は、愛液をいっそう滴らせながら、手の甲を口元に押し当て、必死にあえぎをこらえている。

その淫姿を見て、辰男の股間も激しく勃起していた。その時、

「……本……も……のを」

手の甲で口を塞いでいた佳奈江のかすれた声が聞こえた。

「何ですか？」

「た、玉木さんの……本物が欲しい。お願いします」

佳奈江は目の周りを真っ赤に上気させて哀願してきた。

「驚いた。わたくしの本物のペニスが欲しいと？」

「……は、はい」

佳奈江の濡れたホクロが、いっそうセクシーに映る。

その真に迫った口調に、辰男はマッサージャーのスイッチを切り、ズッポリ嵌

まった膣口から引きぬいた。

「わかりました」

辰男は愛液まみれの器具を床に置く。

「ただし、さらに条件があります。この美容液四本のご購入とエステ会員になること。いいですね？」

「わ……わかったわ……だから、お願い」

佳奈江は安堵と切なさの入り混じった表情で承諾した。

やっと欲望が叶えられる——上気した美貌には期待に満ちた悦びがありありと浮かんでいた。

辰男は立ちあがり、素早くスーツを脱いだ。

次いで、急角度でそそり立つ勃起に、美容液を塗り始める。

その間、佳奈江は乱れた髪やガーターベルトを直す余裕もなく、焦点の定まらぬ目で辰男を呆然と眺めている。

「さあ、用意ができましたよ。奥さま、ガラスに手を突いて、お尻を突きだしてください」

「ガラスに……？」

唐突な言葉に、佳奈江は戸惑いを隠さない。

「ハメられたいんでしょう？　だったら、やり方はわたくしの好きなようにさせてください」

「まさか……ここで？」

佳奈江の眉根がキュッとたわむ。

豪華なベッドのある室内の窓際で、立ちバックでハメられるなど予想外だったのだろうか。

しかし、男に貫かれる寸前に女が見せる期待と好奇に満ちた表情をさらに色濃く滲ませると、林立するビル街を望むガラスに両手をつき、素直に尻を突きだした。

「いい格好ですよ。ああ、恥ずかしい汁がタラタラと流れてる」

辰男は勃起を握ったまま、真っ赤に爛れた秘唇に亀頭を押しつけた。

ひとおもいに腰を打ちこむと、潤沢な恥液にまみれた勃起は、難なく膣路に呑みこまれ、肉棒全体が熱い粘膜に押し揉まれた。

「はうっ」

佳奈江は汗粒の光る尻を跳ねあげた。

よほど男根を待ちわびていたのか、凄まじい熱感と抜群の緊縮力で、男根を包みこんでいる。

快楽と同時に、上司の愛妻を寝取った実感がふつふつと湧いてきた。

「おお、奥さまのアソコが絡みついてくる」

辰男はガーターベルトごと腰を摑み、ゆっくりと打ちこみを始めた。

ジュブッ……ジュブブッ……!!

それに合わせて、佳奈江も豊満なヒップを振り立ててくる。やがて、

「熱い……やっぱり機械より、本物がいいわ……はあぁああっ」

佳奈江はもう禁止事項など忘れたかのように、甘く囁いた。

(ん?)

その時になって初めて、辰男は真正面のオフィスビルのほぼ同じ高さの社内で、せわしなく働くビジネスマンが見えることに気づいた。

煌々《こうこう》と灯りのともる社内では、パソコンに向かう者、スマホ片手に通話する者、喫煙ルームらしき休憩所でタバコを吸いながら語らう男たちが認められる。

「奥さま、真向いのオフィスを見てください。奥さまの恥ずかしい姿を誰かが見つけるかもしれない」

辰男は佳奈江を貫いたまま、白いうなじに唇を這わせた。
「いやっ、わ、私……どうしたら」
背後から辰男に貫かれたまま、佳奈江は困惑を口にしながらも、体勢を変える
どころか、その場から逃げようともしない。
周囲に気づかれるはずがないと踏んでいるのか、やっと手に入れたペニスの快
楽を手放したくないのか――。
(そろそろ、いいだろう)
次の瞬間、腰を引いた辰男は、はずみをつけて渾身の一撃を浴びせた。
ズブブッ、ビターンッ!!
「アッ……アアッ!」
挿入の衝撃とともに、金タマ袋が勢いよく佳奈江のクリトリスを強打する。
「ヒッ……な、何……今の?」
窓ガラスには、驚きに頬を引き攣らせる佳奈江の美貌が映った。
すぐさま、二度目、三度目の胴突きが浴びせられる。
ズブズブッ、ビターンッ! ジュブブッ、ビターンッ!!
辰男は、次第に胴突きの速度をあげていく。

佳奈江の華奢なウエストを這いおり、肉感的なヒップをがっちり摑みながら、

「わたくしのタマ袋が奥さまのアソコをぶっ叩いているんです。お気に召さないのなら、やめますが」

腰の動きをややスローダウンさせた。

「や、やめないで……すごいわ」

佳奈江は、ガラスについていた両手を右だけ離して股ぐらに伸ばし、辰男の大ぶりの陰嚢を確かめるように、そっと手のひらで包みこむ。

「ああ、すごく大きい……今までの誰よりも」

ため息まじりに、やわやわと揉みしだき始めた。

(おお……う)

ひんやりしたすべらかな手でタマ袋をあやされる心地よさに、辰男の頭が一瞬、真っ白になる。

が、愉悦に酔いしれながらも、自分を奮い立たせるように、辰男は再び荒々しい腰づかいへと変貌させていく。

ズブッ……ズブブッ

「ンンッ……当たってる……いい」

リズミカルな胴突きが再開されると、佳奈江は握った陰嚢を手放し、衝撃に身を支えようと両手をガラスに戻した。

辰男に穿たれるたび、佳奈江の乳房はぶるんと揺れ、ミドルレングスの髪が跳ねあがる。吐息で曇るガラスに映った顔は、眉間に深いシワを刻んだ生々しい悦楽に彩られている。

辰男がさらに律動のピッチをあげていくと、女肉を割り裂く男根に、肉ヒダがうねうねと絡みついてくる。

「おお……奥さま、最高です。こうして美容液を膣の奥まで浸透させれば、奥さまのセックスライフはいっそう充実することを保証いたします」

辰男が佳奈江にそう告げながら、ぐっと腰を送りこんだ時だった。

「ま、待って……玉木さん！」

ペニスをハメこまれたまま、佳奈江は甲高い声をあげた。

「どうされました？」

「正面のビルの人が……」

佳奈江はとっさに顔をそむけ、頬に落ちた髪で顔を隠す。

辰男が前方に目を向けると、真向いのビルの喫煙ルームにいる若い男がこちらを見ているではないか。

(気づかれたか)

心で舌打ちしながら、辰男はベッドに移動しようかと考える。

が、最初こそ固まっているように見えた若者が、すぐにニヤニヤして、悠然と煙草をふかし始めた。

(やっぱり見えてるんだな)

スリルあふれる淫行であるが、何よりもペニスに貫かれた佳奈江がこの場から逃げない事実に驚いた。

もしかして、佳奈江はこの状態でセックスを続行したいのだろうか。

先ほどからアクメをお預けされた身だ。一度体に火がつくと、最後までイカねば耐えられないタイプなのかもしれない。

(よし、このままアイツに見せつけてやる。どうせホテルの正面のオフィスだ、宿泊客の情事など普段から見慣れた光景だろう)

妙に勢いづいた辰男は、佳奈江の尻を引きよせ、

「奥さま、せっかくだから見せつけてやりましょう。この距離なら、顔をそむけていれば誰かはバレないはずです」

「で、でも……ッ」

斜め下にうつむいたまま告げる佳奈江だが、ペニスを呑みこんだ女陰がギュッと締めつけてくる。蜜壺の熱もいつしか沸騰したように上昇し、男根にすさまじい快楽が襲いかかってくる
「おお、奥さまのオマ×コが嬉しいと叫んでる」

辰男が腰を打ちすえると、凝縮した粘膜をえぐる確かな手ごたえが、ペニス全体に広がっていく。

「あうっ」

「もっとヨガってください。『Jヘルスケアの専務夫人、井本佳奈江はセックス大好きのドスケベな人妻なんですよー』って、あのデバガメに教えてやりましょう」

辰男は力まかせに、いくどもペニスを叩きこんだ。AVで覚えたように佳奈江の両肩を摑んで腰を打ち付けると、結合部への力が分散されず、的確に膣への衝撃が大きくなる。

一拍遅れでメトロノームのごとく揺れる陰嚢がバチン、バチン、と佳奈江のクリトリスを強打している。

ズブズブッ、ビターンッ!!

「あうっ、玉木さん！」

佳奈江は歓喜と戸惑いが入り混じる悲鳴をあげつつも、尻を左右にブリブリと振り立て、抜き差しをせがんでくる。すかさず、辰男は両手で乳房をすくいあげ、ガラスごしの男に見せつけるように揉みしだいた。

「ああっ……いやっ」

佳奈江はうつむいたまま体を揺さぶるが、女陰の締めつけがひと揉みごとに強まってくる。

「体は嫌がっちゃいないようですよ」

「ァ……アア」

釣り鐘型の乳房を捏ね回され、乳首を摘まみあげられた佳奈江は、細い首に筋を立て、背中を震わせた。

目に見えずとも、喜悦でくしゃくしゃになった女の顔が、そこにあるはずだった。

濃厚な汗と互いの性臭が立ち昇り、いっそう卑猥な匂いが室内に充満していく。

辰男はややのけぞった体勢でGスポットをこすりあげ、摘まんだ両乳首をひねりつぶした。

「アアンッ」

「もっとヨガっていいんですよ。奥さまのアソコがますます締めあげてくる」

ふと正面を見ると、青年はガラスに張りつくように、こちらを凝視している。

辰男は優越感に浸りながら、乳房を揉みしめ、

「ほら、キレイなオッパイを彼にも見せてあげましょうね」

乳首を摘まんでは弾き、再び捏ねまくった。

「やめてっ……」

「おや、ギャラリーが増えてきましたよ」

あの青年が呼んだのだろうか、喫煙ルームには四、五名のビジネスマンが集まってこちらを眺めている。

佳奈江は「えっ」と真正面を向いて彼らを認めると、あわてて顔をそむける。

「残業中の一服か……愛煙家は肩身が狭いご時世ですからね」

辰男は、乳房からすべり落とした右手で腹部のガーターベルトをひと撫でするど、佳奈江のワレメに手をあてがい、濡れた陰毛を掻き分けた。

「な、何するの？」

「いいじゃないですか。せっかくですから、奥さまの真珠のように美しいクリトリスを拝ませてあげましょう」

辰男は膨らんだ花びらをめくりあげ、充血した肉芽を弄りだす。

「はうっ」

強烈な刺激だったらしい、佳奈江がビクッと顔をあげた。

「この際ですから、奥さまの美貌も彼らに見せつけてやりましょう。場所柄、こんなハレンチな光景なんて、彼らは見慣れているはずですよ。それに、こうして男に観られるたび、奥さまはさらに美しく磨きぬかれていくのですから！」

辰男はクリ豆を中指で弾きながら、腰をしゃくりあげる。

淫肉からあふれる女蜜は辰男の手指を濡らし、男根の挿入をいっそうスムーズにさせ、周囲にいやらしい匂いをまき散らした。

「いや……私……ああッ！」

恍惚にむせぶ佳奈江は、しかし、辰男の言葉に納得したのか、真正面を向き、されるがままだ。

ハイヒールから伸びる美脚は時おりガクリと崩れそうになるが、オルガスムスに向けて懸命に踏ん張っている。

びしょ濡れになった肉ヒダが、歓喜にざわめくように、辰男のペニスに吸いついてくる。

ジュブッ……ジュブブッ

辰男が真正面に視線を移すと、男たちは十名ほどに増えていた。

辰男は、渾身の連打を見舞い続けた。

ジュブッ、ビターンッ！

「あああぁあっ！」

佳奈江はガラスに爪を立てながら体をのけぞらせ、嬌声を放った。

怒張が佳奈江の最奥を貫き、タマ袋がヴァギナの上を押し叩く。

辰男は両手で尻を引きよせ、律動をくりかえす。

徐々にスライドのピッチをあげて、続けざまに男根をねじこんだ。

「くぅうッ……ダメッ……いや……はぁああぁっ」

角度と深度を微妙に変えながら乱打を浴びせていくと、佳奈江の蜜壺はいっそう熱を高め、うねり、別の生き物のように辰男のペニスを奥へと引きずりこむ。

掻きだされた蜜液は、はしたない水音を立てながらガーターストッキングに淫靡な水跡を描いていく。

「も、もう……ダメッ……ああ、イキそう！」

ガラス窓に喜悦に歪む佳奈江の艶顔が反射した。

「うう、わたくしも限界です」

「このまま来てッ……いっぱい出して――！」

佳奈江は人目もはばからず、髪を振り乱しながら叫んだ。

辰男も最後の力を振り絞って、腰を激しく打ちつける。

肉をえぐらんばかりに突きまくり、引き抜く際は、子宮口ギリギリまで届いた勃起でGスポットを逆撫でする。

ジュブブブッ……バチーンッ！　パンッ、パンッ、パンッ!!

「はあっ、イクわ、イクイクぅ――!!」

佳奈江は弓なりに反り返り、尻をビクッ、ビクッと痙攣させながら、猛烈な収縮でペニスを締めあげてきた。

奥深くまで貫いた男根が、灼熱の女肉に焼かれた直後、
ドクン、ドクン、ドピュピュッ――

「おおっ、うおおぉ」

互いの咆哮が室内にこだました。

恍惚にゆき果てる佳奈江の体をきつく抱きしめながら、辰男は濃厚なザーメンを勢いよく佳奈江の胎内に噴射した。

3

「ねえ、玉木さん……」

誰かに名を呼ばれた気がして、辰男はうつ伏せのまま重い瞼を見開いた。

(ん……?)

視界に見慣れた光景が映る。

ガラス越しに見える林立するビル街。都会のきらめきを象徴する美しい夜景が、目の前に広がっている。

ハッと起きあがると、そこはベッドの上だった。

(ああ、俺……佳奈江さんと……二人でイッたあと、ベッドに倒れこんだんだっけ)

あいまいな記憶をはっきりさせるために、頭を二、三度叩いた。

床に散乱している衣服を取ろうと、裸のまま立ちあがったその時、

「起きたのね?」

バスローブをまとった佳奈江が、バスルームから出てきた。上気した肌はピンクに染まり、髪もアップにしているせいで、ひどく色っぽい。

セックスの直後だけに、生々しい色香が全身から滲み出ていた。

「あ、あの……俺、いや……わたくしもシャワーを」

でろりとしぼんだペニスを両手で隠しながら、佳奈江の横をすり抜けようとすると、

「ふふっ……ダメよ」

無理やり手を引かれ、ベッドに連れ戻された。

「えっ」

「ねえ、玉木さんのセックス……すごく良かった……あんなに燃えたのは久しぶり」

佳奈江はバスローブの腰ひもを解くと、自ら裸になり、仰向けにした辰男の股間に顔をうずめてきた。

「さっきのお礼」

辰男の脚の間に陣取ると、だらんと垂れたペニスを握り、濡れた唇を亀頭とカ

リ首にかぶせてきた。

「おお……」

生温かな口腔粘膜が亀頭から肉幹をジュブリ……と咥えこむ。同時に唇と舌をねっとりと絡みつかせてきた。

「くっ」

「ン……綺麗なペニス……タマも大きくて立派だわ」

佳奈江は咥えながら、右手で陰嚢を包み、優しく転がし始めた。

その心地よさにからめとられて、辰男は動けない。しかし、動けぬ辰男に反してペニスはムクムクと硬さを増して、佳奈江の口内で膨張していった。

「あう……おッ……くうう」

佳奈江がゆっくりと唇のスライドを始めた。

ネチリ、ネチリ……と男根に密着させた舌を蠢かせては、絶妙な力加減でしゃぶりあげてくる。

第二ラウンドに向けてのゴングを鳴らすかのように、口腔粘膜が力を強め、怒張を締めつけてきた。

練達なフェラチオだった。

深々と咥えこんだ喉奥の粘膜で亀頭をキュッ、キュッと締めあげて、ジュブブッと引き抜いた。なめらかな唇の裏をカリのくびれに密着させて、もう一度キュッと引き絞る。

「あう……おおおっ」

肉幹の芯が熱くなり、ジクジクと疼き始める。

佳奈江はチュポンと下唇で弾くように亀頭を吐きだすと、

「もうカチカチよ」

その言葉通り、辰男のイチモツはフル勃起状態となっていた。

真っ赤な亀頭がてらてらと艶めき、興奮で肉傘が目いっぱいまで広がっている。

佳奈江が顔を傾けて陰嚢をねぶり始めた。

「うっ……」

辰男が情けない声をあげた時には、彼女の手指は男根の根元を握りしめ、軽くしごく。

ネロネロとタマ袋が下から上へと舐められている。いや、舐めるだけではない。しまいには一つずつ睾丸を口に含んで飴玉のように転がしてくる。

「はあ……あアッ」

先ほど放出したばかりなのに、凄まじい快楽があとからあとから背筋を這いあがった。

尿道口からは先走りの汁が噴きだし、佳奈江の唾液と混ざり合って、反り返った肉茎をいっそう卑猥にてらつかせていた。

「ねえ、もう一度……いいわよね？　化粧品も買うし、エステ会員にもなる。だから……」

佳奈江は勃起をいつくしむように、頬ずりまでしてくる。

──と、その瞬間、辰男の脳裏に漠然としたアイディアが、鮮明に形づくられた。

まるでパズルのピースがぴたりとハマるように。

「奥さま、ひとつお願いがございます」

辰男は上体を起こした。

「なあに？　私にできることなら、何でもするわ」

佳奈江はそそり立つ勃起に指を絡めながら、甘く囁いてくる。

「先ほど奥さまに使用した美白美容液とハンドマッサージャーですが、『Jヘルスケア』と『クリス化粧品』のコラボ商品として売り出したいと、井本専務にお口添え願いたいのですが」

「えっ？」

予想外の話題だったらしい、佳奈江は口もとのホクロを唾液に光らせながら口をあんぐりと開けている。

が、間髪入れず辰男はきっぱりと告げた。

「もしご主人にお口添えいただき、企画が通った暁《あかつき》には、今後も定期的に、奥さまとの密会を約束させていただきます」

「本当……？」

「はい、美肌にも夜の生活にも効く、これは画期的な商品になるはずです。もちろん、わたくしも奥さまがより美しくなるため、誠心誠意、お尽くししますので」

一気に述べると、佳奈江の腰を抱きよせ、乳房をすくいあげた。

汗ばむ乳肌を揉みしだき、しこった乳首をコリコリと摘まみあげる。

「ハア……わかったわ。コラボの件は主人と会えるよう、セッティングしてみる……」

性感が敏感になったのだろう、佳奈江は呆気ないほど快諾し、甘い吐息をついた。

「お約束、ありがとうございます。では」

佳奈江の潤んだ瞳を見つめたまま、辰男は彼女を仰向けにさせた。

愛液で濡れた脚の間に、辰男がすべりこむ。

両手でひざ裏を抱えこみ、佳奈江の体をぐっと引き寄せると、

「先ほどのお約束、忘れないでくださいね」

念を押すように、亀頭を濡れた女溝に密着させた。

「わかったわ……だから、早く……」

もう待てないと言わんばかりに、佳奈江が熱いまなざしを向けてきた。

佳奈江の雌花を見ると、充血した花弁を覗かせた真っ赤な粘膜が、艶々《つやつや》と光り輝いている。

その中心に狙いを定め、互いに視線を絡ませたまま、辰男は一気に腰を叩きこんだ。

ジュブブ……ッ!!

「はうっ」

のけぞる佳奈江の胎内を、獰猛に反り返る男根が深々と貫いた。

凄まじい締めつけが、勃起に襲いかかる。

「はあ……奥まで入ってる……」

佳奈江は目を細めながらも、しかと辰男を見つめたまま、半開きにした唇をわなわなと震わせている。

辰男がゆっくり腰を前後させると、佳奈江は釣り鐘型の美しい乳房を揺らしながら、身をよじり、蜜壺から欲情のエキスをこんこんと湧きあがらせる。

「んっ、んっ……いい……ッ……あぁぁあっ！」

徐々に音量をあげる悩ましいあえぎとともに、膣の緊縮が一打ちごとに強まっていく。女の執念じみた膣圧とヒダのうねりが、男の象徴を目いっぱいまで食いしめ、奥へと引きずりこんでいく。

「むううっ、むううっ」

辰男は唸らずにはいられなかった。収縮と弛緩をくりかえす膣は猛烈に、男根を射精へと追い詰めてくる。

辰男は佳奈江の脚を抱えあげた。

「ああっ」

尻を浮かせた佳奈江が、驚きの声をあげる。

が、それは限りなく甘い期待を滲ませている恍惚の叫びだった。

辰男は、前のめりになり、渾身の力で腰を打ちすえた。

ズブズブッ、バチーンッ!!

「ひっ……アッアア……ッ」

膣への挿入とともに、陰嚢が佳奈江のアヌスを強打する。

「いいわッ……玉木さんのセックス、たまらない!」

佳奈江はピンクに染まった喉をのけ反らせながら、放心状態で叫んだ。乳首は痛ましいほど赤く尖り、首には筋を浮かべ、全身から発情の汗が噴きだしていた。体臭と性臭が濃くなるのを感じつつ、辰男はなおも女体を壊さんばかりに、腰を打ちつける。

ジュブジュブッ、ビターンッとハレンチな打擲音が響きわたり、それにつれて、佳奈江の体が小刻みに震えだした。

「いいッ……奥まで響いてるッ……すごいッ」

辰男は結合部をじっくりと眺めながら、立て続けに抜き差しを浴びせた。

血管を浮き立たせ、野太く肥え太った男根が、見る間に愛蜜にコーティングされていく。充血した赤い花びらがねっとりとペニスに吸いつき、情交の実感を高めてくれる。

「あぁッ……玉木さん……私、もう……」

佳奈江は辰男の太腿に爪を立ててきた。絶頂が近いことは明らかだった。

「わたくしも……もう、そろそろです」

辰男も息を荒らげて、怒張を叩きこむ。

互いの湿った吐息をぶつけ合いながら、二人はエクスタシーの階段を駆けあがっていく。

ペニスを四方八方から追い詰める苛烈な締めつけが、いっそう凶暴に変貌していた。

辰男はピッチをあげ、怒濤の乱打をみまった。

「いやあっ……ダメッ……イクッ……はぁあああああっ」

髪を振り乱し、バラの花びらのように全身を紅潮させた佳奈江が弓なりにのけぞった。

「おお、出ます。奥さまの膣内《なか》に出しますよ、おううううっ」

尿管をせりあがる熱い塊が一気に噴き出した。

辰男は低く唸りながら、とどめの一打を突き上げ、本日二度目の熱弾を噴射した。

二度目にもかかわらず、ドクン、ドクンと、まるで十代に戻ったかのような激しい脈動だった。

佳奈江の胎内に濃厚なザーメンをほとばしらせながら、辰男は早くもJヘルスケアとのコラボ企画に思いを巡らせていた。

第五章　アイマスクでエステ

1

「玉木くん、何度言われても、コラボの件は無理だね」

Ｊヘルスケア社の会議室に威圧的な声が響いた。

デスクを挟んで、仏頂面で辰男と相対する熟年男性は、辰男をリストラしたのち、部長から専務に昇格した井本である。

いかにも神経質そうな細身の体軀に、鋭く光る眼だけが異様に目立つ強面である。

「井本専務、せめてご検討だけでもしていただけないでしょうか？」

「無理といったら無理だ!」

「そこを何とか……」

「ったく……こんな企画、よくもまあ、うちに持ちこめたもんだな。君と道で偶然会ったという妻に言われて時間を割いたが、これこそ時間の無駄というものだ」

井本はデスクにあるハンドマッサージャーを手に取った。

「いいかね、これは首や肩などのコリをほぐすために商品化されたマッサージ器具だ」

井本は摑んだ器具を誇示するように、辰男の前でぶんぶんと振りかざした。

「それを……女性の……アソコ……に入れるだと? そんなアダルトグッズを売ったら、我社の経営理念を疑われるじゃないか。アダルトグッズはアダルト専門店に任せておけばいい!」

「で、でも……」

「なんだね?」

井本は太い眉をあげて、さらににらみを利かせた。

「今は女性もこのようなアイテムを使う時代ですし、店頭販売せずともネット販売が可能です。アイディアだけでも、ご検討いただけないでしょうか？　弊社の美白美容液は、自信を持っておススメできる商品なんです。健康機器メーカーとして実績あるJヘルスケアとのコラボは、きっとユーザーにとって……」

「時間だ。十五時から客が来るのでね」

井本は椅子から立ちあがると、足早にドアのほうへと歩みを進め、苛立たしげに会議室から出て行った。


（あ〜あ、ダメだったか……）

会議室を出た辰男は、肩を落とし、力なくうなだれた。

井本専務の妻、佳奈江との情事でやっと得た貴重なプレゼンの時間だが、けんもほろろに断られてしまった。

（確かに井本専務の言葉もわからないではないがなあ）

創業者が足ツボマッサージサンダルを開発し、マッサージ機器、磁気ネックレス、ダイエット関連、サプリメントなど次第に事業拡大をしていったJヘルスケアは「健康こそ宝」を謳う正統派の企業である。

アダルトな要素を入れずとも、今ある商品をイノベーションして効果アップを狙えば、顧客の信頼を裏切ることはない。

(しかし、日本人の平均寿命がのびた今だからこそ、アダルトアイテムもとり入れるべきだ！　美容とセックスライフの充実をキャッチフレーズに、もう一度とりあってもらえないだろうか)

辰男はうつむいたまま、エレベーターホールに向かってとぼとぼ歩いていると、

「もしかして……玉木さん？」

前方から名を呼ばれた。

顔をあげると、目の前に紺の制服を着て、ロングヘアを束ねた小柄な女性が立っていた。

「み、美和子ちゃん？」

思わず声を張りあげてしまった。

楚々とした和風の顔立ちとは不釣り合いな巨乳に、一瞬、目を奪われる。

が、美和子こそが辰男をリストラに追いこむきっかけとなった張本人である。

辰男は複雑な思いで、彼女と相対した。

「お久しぶりです。今日はどうして？」

辰男の心情など知ることのない美和子は、奥ゆかしい笑みのまま小首をかしげ

る。

悔しいが、相変わらず美しかった。

こうしている今も、同期の咲子が送ってきた派手なキャバ嬢と同一人物とは信じられない。心なしかあごのラインがすっきりと引き締まり、さらに洗練された印象だ。

しかし、同時に悪態もつかずにはいられなかった。

(今でも井本と不倫関係にあるのか？　君とのデートが原因で、井本専務が俺をリストラしたんだぞ)

本音はさておき、そんなそぶりは見せず、辰男は笑みを作った。

「やあ、久しぶり。井本専務にコラボ商品の提案に来たんだ」

「コラボ商品？」

「ああ、僕がクリス化粧品に転職したのは、美和子ちゃんも知っているだろう」

「え、ええ……」

美和子は言葉少なにうなずいた。

何か言いたげで、それでいて言葉を失っている風情だ。

(しおらしくしてるのは演技か？　六本木のキャバクラ仕込みのフェロモンで井

本専務もたぶらかして、自分だけ甘い汁をうまうまと吸っているんだろう?）

言いたいことは山ほどあるが、ぐっと飲みこむ。

「で、コラボの件はいかがでした?」

美和子は不安そうに眉をひそめる。

「けんもほろろに断られたよ。検討してほしいと掛け合ってもダメだった」

「そうですか……残念ですね」

「まあ、別な方策を練ってみるよ。あきらめたら、セールスマンとしての名がすたる、なーんてね」

そうおどけてみても、二人の間には乾いた空気が漂っていた。

美和子もくすりとも笑わない。

辰男は辰男で、すべった自分に落ちこんでしまう。

しかし、気づけば自分でも予想外の言葉を発していた。

「も、もし今夜、時間があれば呑みにいかないか?」

「えっ、今夜……ですか?」

突然の誘いに、美和子は目をしばたたかせた。

「う、うん……どうかな?」

辰男はダメもとで念押しをする。

美和子から何かしらの情報を引きだせれば、それはそれで儲けものである。うまくいけば商品を購入してもらえる可能性もゼロではないのだ。しかも、キャバ嬢仲間という美味しいおまけだってついてくるかもしれない。

(でも、待てよ……。以前のように、井本に情報が筒抜けになったら、それこそコラボの件は致命的だ)

一瞬、ためらった辰男だが、ここで美和子に会ったのも何かの縁だろう。

(どうせ断られたんだ。保身に走ってばかりじゃダメだ！)

辰男が「逆境上等」と強気に身構えていると、

「今夜なら空いています。ぜひご一緒させてください」

美和子は呆気ないほど簡単に快諾してくれたではないか。

「本当に？　ありがとう！　あとでメールするよ」

辰男は意気揚々と玄関ホールへと向かった。

2

午後七時。二人は恵比寿のワインバーにいた。

ドラマのロケ地としてもよく登場するこの店は、煌めくシャンデリアとともに、店の中央に置かれた幅七メートルもの巨大な水槽にゆらゆら泳ぐ水クラゲがマリンブルーの灯りにライトアップされた洒落た空間である。

「ここ、一度来てみたかったんです。インテリアもシックで素敵」

その言葉に辰男は胸をなでおろす。

六本木のキャバ嬢なら、一度は同伴で足を運んでもおかしくない有名店だった。

(リップサービスでも、こうして喜んでくれると嬉しいもんだ)

水槽前のプレミアムシートに並んで腰かけた美和子を横目に、辰男はグラスを傾けつつ、ちゃっかり彼女の豊満なボディをチェックする。

(私服だとさらに巨乳が目立つな)

キャバ嬢姿の美和子の画像が、辰男の脳裏にちらついた。

紺の制服から一転、鮮やかなオレンジ色のワンピースを着た美和子の胸元は豊かに盛りあがり、じつに揉み心地が良さそうだ。そのうえ、まとめていた髪は解かれて肩の位置で緩く波打ち、ふんわり甘い香りを漂わせている。

「退社されてから、どうしているかなって思っていたんですよ」

白ワインで乾杯したのち、美和子はぽつりとつぶやいた。

「美和子ちゃんも知ってるだろう？　俺、リストラされちゃってね」

辰男はグラスを傾けて苦笑するが、心はいまだ複雑だった。

この美貌にして巨乳の持ち主は、自分を見切った井本の愛人なのだ。が、同時に洗練された美女でもあった。

佳奈江と同様、陥落できれば、どれほど溜飲がさがるだろう。

「玉木さん、実は……」

美和子は言葉を選ぶかのように、ゆっくりと話し始めた。

「以前、二人で神楽坂のワインバーに行きましたよね？　あのあと、すぐに玉木さんが辞められたから、もしかして私が関係しているんじゃないかって……。で、当時、人事部長だった井本専務にそれとなく訊いたら『いや、会社で決まった公正な人事だから、君には関係ない。安心しなさい』って……」

「えっ、井本専務がそう言ったの？」

「はい……でも違和感が拭えないんです。やっぱり、私のせいじゃないかと思って……」

その言葉尻から、美和子も辰男のリストラに関しては腑に落ちない様子だ。

しかし、あくまでも井本の愛人であることは隠したいと察しがついた。

（それにしても井本の野郎、本当は嫉妬心からのリストラなのに、よくもまあヌケヌケと）

井本がここまで事実を捻じ曲げ、開き直る態度を示すのなら、辰男にだって考えがある。

「美和子ちゃん、実は違うんだよ」

「……え？」

「神楽坂のワインバーの写真をインスタにアップしてただろう？　あれを見た井本専務が、相手は俺だと突き止めて、それが原因でリストラされたと、ある社員が教えてくれたんだ」

「本当ですか？」

「ああ、君が井本専務のお気に入りだって、その社員は知ってたからね」

「……！」

不倫相手ではなく、お気に入りとオブラートに包んだが、美和子は唇をきつく嚙みしめている。

「あっと……ごめん。愚痴みたいになっちゃったね……今のは忘れて」

辰男はあえて、言葉を切った。

もちろん、美和子が食いついてくると判断したからだ。

案の定、ほろ酔いの美和子の口は、なめらかになった。

「ごめんなさい、私、井本専務に問い詰められて、つい『玉木さんがしつこく誘ってきたから、ご一緒しました』って言ってしまったんです……私、当時は井本専務と不倫していたから、彼の心をつなぎとめたくて。でも、まさかこんな大ごとになるなんて……」

「えっ、不倫？　あの井本と？　当時ってことは？」

辰男はさも初耳だと言わんばかりに、目を見開いた。

「……最近、井本専務に避けられているのがわかるんです……噂では銀座のクラブにハマってるって……」

「そ、そうなんだ……」

辰男は手にしたグラスを傾け、グビリと吞んだ。

（おいおい、井本の野郎、六本木のキャバ嬢から、今度は銀座のホステスに鞍替えか？）

あまりにも唐突な情報に、辰男も驚きを隠せない。でも、もし井本との仲がうまくいっていないなら、それはそれで利用できるんじゃないか？

「本当にごめんなさい！　あの時は、移り気な井本専務の心をつなぎとめるのに必死で……」

美和子は酔いも手伝って、泣きださんばかりに顔をくしゃくしゃにした。

「昔のことなんて、もういいんだよ」

「でも……」

「大切なのはこれからさ」

そう、大切なのは過去ではなく未来だ。

辰男は自分に言い聞かせるように、美和子をなだめた。

「本当にごめんなさい……私」

美和子は肩を落として背中を丸める。うっすらとブラジャーの線が浮きでた背中を見て、辰男はついつい美和子の巨乳を想いうかべてしまう。

罪悪感だからだろうか、美和子は、

「あの……お詫びに、何かできることはありませんか？」

意外な言葉を口にした。

何かできること？　真っ先に願いたいのが、コラボ商品の実現だ。でも、井本との関係が崩れている今、彼女にできることは……。

酒が回ってきた辰男の脳内にひらめくものがあった。

「そうだ、ちょっと協力してほしいことがあるんだけど」

「私にできることなら、協力します」

美和子は酔いで潤んだ瞳をまっすぐに向けてきた。

「この店では話せない。すぐ近くに、来月オープンするうちのエステサロンがあるから、そこで話そう」

辰男はグラスに残っていたワインをグッと飲み干して、美和子とともにエントランスに向かった。


「まあ、来月オープンするサロン……なんてゴージャスなの」

淡いピンク色のモダンな家具とファブリックで統一されたサロンに入るなり、美和子ははしゃいだ声をあげた。

タクシーを飛ばして来たのは、広尾にあるクリス化粧品のエステサロンだ。

大理石のフロントを進んだ先には、完全個室のエステルームがある。

八畳ほどの個室には、ボタン一つで自動昇降やリクライニングもできるサロン専用の電動ベッドが完備され、洗面台や姿見、シャワー室も用意された至れり尽くせりの豪華さだ。

「美和子ちゃんに、ここでモニターになってほしいんだ」

「モニター？　私がですか……」

「そう、例のコラボ商品を、ぜひ美和子ちゃんに試してほしくて」

「もちろん……それはいいんですが……化粧品の試供品とかですよね？」

美和子は顔をこわばらせている。

「これに着替えてほしいんだ」

辰男がおずおずと差し出したそれは、エステウエアと紙製のショーツだ。タオル地のウエアは、乳房からひざまでを覆う、ポンチョ型になっている。

「も、もしかして、私が玉木さんのエステを受けるってこと……？　ちょっとそれは……」

予想通りの答えだった。

それを見越して、辰男はいきなり床にひざまずいた。

「頼む！　美和子ちゃんにしか頼めないんだ。僕はこのプロジェクトに賭けている！　どうか試させてほしい！」

床に頭をこすりつけんばかりに土下座する。

「いきなりそんなこと言われても……私、試供品を試す程度にしか思ってなかったから……」

ハイヒールを履いた美和子の足が、怖気づくように後ずさりしていく。

「そこを何とか！　美和子ちゃんのせいでリストラになったとは言わない。でも、どうか協力をしてほしい！」

あえて美和子に罪悪感をうえつける。

最初こそ戸惑っていた美和子だが、リストラへのきっかけとなった責任が自分にもあると判断したのだろう、

「わ、わかりました。玉木さんがそこまで言うなら……」

最終的に承諾してくれた。

第一関門クリアだ。

「恩に着るよ、ありがとう。じゃあ、着替えたら声をかけてね」

そう言い残して立ちあがると、エステルームをあとにした。

3

「玉木さん、着替えました」

美和子の声に、辰男が個室に入っていくと、

（おおっ）

目をみはらずにはいられぬ光景が広がっていた。

ほの暗い照明の中、エステウエアをまとった美和子は、さながら温泉でバスタオルを体に巻き付けたようなセクシーな装いだ。大きすぎる乳房が胸元を盛りあげて、白い肌はつやめいている。

（この下に、どんなお宝が隠れているのかな？）

早くも股間がむず痒くなってきた。

ヌードを拝むのも楽しみだが、彼女がどんな反応をするかも楽しみだった。

美和子は「純粋なエステ」だと思っている。そこからどうやってハンドマッサージャーをアソコに入れるかも腕の見せ所だ。

(最初はオイルマッサージをしよう。体がほぐれたところで、一気に下半身になだれ込めばいい)

杞憂はあるが、これまで美保と波子、茜、そして佳奈江と陥落してきた辰男は徐々に男としての自信がみなぎってくるのを感じていた。

「じゃあ、これを使ってリラックスしてね」

髪をまとめてベッドに横たわらせた美和子に、辰男が最初にしたのは、温めたアイマスクで視界をさえぎることだった。

アイマスクの両端を耳に引っ掛けるタイプのため、多少動いても外れない。

「えっ……そんな」

美和子は怯えた声をあげるが、その時には電動ベッドがウィーンと機械音を立てながら、施術に最適な高さまで昇降していく。

「大丈夫、目の疲れにも効くし、視界を遮断したほうがリラックスできるから」

辰男はジャケットを脱ぎ、ネクタイも外して美和子の頭側に立った。

室内にはあらかじめリラックスできるＢＧＭを流している。脳のアルファ波を促すという波の音が響いていた。

ピチャッ……

手のひらに垂らしたオイルを両手ですり合わせる。こうしてオイルを温めることにより、肌への浸透も良くなるのだ。

豊満な乳房をわしづかみたい衝動に駆られつつ、まずは、鎖骨のあたりに手を置いた。

「ァ……」

美和子が唇を半開きにして、肩をぴくつかせる。

涼し気な印象の面差しだが、目を隠してみれば、下唇がやや厚めで、形が妙にエロティックだった。

この唇にペニスを咥えさせたら、どんなに気持ちいいだろう。清楚ぶっているが、六本木のキャバクラあがりのヤリ手ＯＬだ、積極的に舌を絡ませて、男を骨抜きにしてきたのかもしれない。

そんな淫靡な妄想に駆られつつ、辰男が鎖骨に沿って手をすべらせていくと、

「ん……気持ちいい。香りはジャスミンかしら……とてもいい匂い」

「あ、よくわかったね。ジャスミン以外にも、美肌に効くサンダルウッドやゼラニウムも配合されているんだよ。リンパの流れはいいほうだね。滞っている人は、鎖骨周辺を圧すと、とても痛がるんだ」

艶やかな肌の感触と唇に興奮しつつも、辰男は邪な思いなど微塵も覚《さと》らせずに、美和子の肩や首元、鎖骨まわりを揉みほぐしていく。

リラックスできる環境を整えてやることが、女の股を開かせることに繋がるのだ。

今回は、催淫効果のあるアロマオイルも使っているので、効果は期待できる。

「ン……そこ……すごく気持ちいい」

美和子がうっとりした声をあげたのは、鎖骨から首の横、耳下腺をマッサージした時だ。

すべりのいいオイルマッサージに、つい、甘いため息のような声を漏らしている。

「耳の下のツボもこうして時々指圧するといいよ。フェイスラインがスッキリする」

「ン……ありがとうございます……そこ、イタ気持ちいい……」

目隠しをした美女の色気たっぷりの声音に、辰男の股間は次第に膨らみを増していく。美和子がイタキモなら、こっちは痛いくらいの勃起である。

（ん？）

目を凝らせば、美和子の両乳房にくっきりと二つのポッチが認められた。明らかに乳首が勃っているのだ。

（もしかして、感じているのか？）

目隠しをされているから、五感がさえわたり、性感までもが敏感になっているのだろう。

辰男は以前にも増して、熱心にデコルテから首、首から耳下腺まで手を往復させ、リンパを流していく。

美和子の乳首は、依然、硬く尖っていった。

乳房の膨らみギリギリまで手をすべらせると、

「あ……ンッ……」

悩ましい声まで漏らすではないか。

催淫作用のアロマも効いてきたのかもしれない。

（もう少しだ、もう少しで乳首を……）

豊かな胸元に手を這わせるたび、鼓動が高鳴り、勃起も硬さを増していく。しかし、それ以上進む勇気が持てず、手はデコルテと首を往復するばかりである。

（どのタイミングで乳首に触れようか）

辰男は傍らに置いてあったバッグを見てハッとした。

——そうだ、すっかり忘れていた。

「美和子ちゃん、これから例のコラボ商品を使ってみるね」

「え……」

ホットアイマスクをした美和子の表情が、恍惚から一転、不安げに引き攣る。

「大丈夫、心配しないで」

辰男は手早くハンドマッサージャーの先端に美白美容液を塗りこめた。

「美和子ちゃんも知ってる御社のハンドマッサージャーだよ。ヘッド部分に我が社の美白美容液を塗って、コリ解消と美肌の両方からアプローチするんだ。じゃあ、使うからね」

持ち手のスイッチを入れると、ヴィヴィーン……ヴィーンとモーター音を響かせて、ヘッド部分が振動する。

「そうか、うちが扱うマッサージ器にクリス化粧品の美容液を塗って、マッサージするんですね」

美和子はホッとしたように、呟いた。自社製品だと理解して、安心したようだ。

「じゃあ、始めるよ。ちょっとでも痛かったら言ってね」

美和子がうなずくと、辰男はヘッド部分を優しく首筋に押し当てた。

白く細い首の皮膚が器具の圧で柔らかに沈んでいく。

「ン……気持ちいい……指でほぐされていたから、機械の刺激も新鮮です」

美和子は甘くため息をつくように、感想を述べる。

「よかった。このまま続けるね」

辰男はオイルのぬめりを利用して、ゆっくりと器具の先端を移動させていく。

首筋から耳下まですべりあがり、ぐりぐり圧をかけると、

「ン……そこ、いい」

アイマスクをしていても、美和子の眉間にシワが寄るのがわかった。

唇を半開きにしたままで、「ハア……ン」と気持ちよさそうな声をあげる。

何度も首周辺を上下させ、十分にコリをほぐすと、次はフェイスラインに移る。

細いあごからに耳下に沿って、皮膚を引きあげるように移動させていくと、艶やかな唇がわなわなと動きだした。

（うわ……色っぽい）

呼吸のたび、震える唇に、思わずキスをしたくなってしまう。ボディを見ると、乳首もツンと尖り続けているではないか。

そのうえ、小柄ながらもスラリと伸びた脚が無防備に開きつつあった。

（ああ、美和子ちゃん……セクシーすぎる）

股間が突っ張るのを必死に抑えながら、辰男はなおも施術を続けていく。

ここで急いてはいけない。女の体は焦らずゆっくりとほぐしていき、相手から「欲しい」と言わせねば――そう己に言い聞かせ、

「この美容液は、古い角質を取り除いたうえで美白成分を肌に浸透させていくんだ。リンパの流れも良くなって、さらに顔も引きしまるよ」

真面目に施術を行っていく。

ヴィヴィーン……ヴィヴィーン
「はァ……顔も意外とコッているんですね。とてもいい感じです」

美和子のすっとしたあごから柔らかに盛りあがる頬にも器具をすべらせていくと、美和子はうっとりと声をあげる。

メイクが落ちない程度に両頬とフェイスラインを数回往復させ、再び、首から鎖骨、胸元へとすべらせる。

「少しだけ振動のリズムを変えるね」

辰男は切り替えボタンを押して、規則的な振動から不規則なリズムへと切り替

えた。

ダダダッ……ダダダッ……。

「さっきより強いけれど、ボディにはこれくらいのほうがいいかな」

「あ……ッ」

マッサージャーの先端は、美和子の盛りあがる襟ぐり付近を動き始めた。

器具が行き来するたび、小刻みな振動が美和子のピンクに染まった肌も震わせている。

バスタオルに包まれた薄桃色の膨らみがわずかに震える光景は、このうえなくエロティックで、波の音やジャスミンの香りも相まって、辰男の脳髄をとろけさせていく。

(うう、もう我慢できない)

肉茎は限界までいきり立っていた。

辰男はハンドマッサージャーの手を止めることなく、片手でさりげなくズボンのベルトを外し、勃起を取りだした。

赤銅色の亀頭が、ぬっと顔を出す。

自分でも驚くほど急角度にそそり立つ怒張は、すでにカウパー液が噴きだし、興奮で張りだした真っ赤なカリを卑猥にてらつかせている。

美和子が気づく様子はない。

(このまま、美和子ちゃんの顔に……)

勃起を握ったまま、辰男は息を弾ませた。

幸い、ハンドマッサージャーが胸元を行き来しているため、美和子はそちらに意識をとられているようだ。

(大丈夫だ、落ち着け……落ち着くんだ)

そう何度も言い聞かせて、美和子の顔の横へと移動した。

「美和子ちゃん、別の器具も試したいから、ベッドの位置を低くするね」

「ァ……はい、わかりました。他の器具もあるんですね」

「ああ、今使っているものより、柔らかなタイプさ。メイクも落ちないように気をつけるよ」

「メイクのことまで気遣ってくれて、ありがとうございます」

美和子の了解を得て、辰男は電動式ベッドを、ふくらはぎ付近までおろした。

(いよいよだ……)

心臓がバクバクと高鳴っている。

中腰になった辰男は、前のめりの姿勢で、目隠しされた美和子の顔ギリギリまで亀頭を近づけた。

（おお、吐息が……）

彼女の湿った息がペニスを嬲るように吹きかかり、思わず男根がビクビクッと打ち震える。

辰男は慎重にペニスを握り直すと、ひとおもいに亀頭を美和子の頬に圧しつけた。

（おお、ついに）

昂るペニスがもうひとまわり膨らんだ。

ムニムニと圧すと、美和子の柔らかな頬が卑猥にへこむ。

「ン……さっきより温かくてソフトですね。感触はこっちのほうが好みです」

うっとりと呟く美和子の色香あふれる表情を眺めながら、辰男は先走りの汁を潤滑油に、ゆっくりと輪郭に沿って往復させていく。

「そ、そうか……参考になるご意見、ありがとう」

そう言って、ペニスの先端を蠢かせた。

ニュル……ニチャッ……。

カウパー液がなすりつけられ、美和子の頬が淫靡に光っていく。

(うわあ、エロすぎる)

辰男はバレないよう、ハンドマッサージャーの手も慎重に動かしながら、同時にペニスでも美和子の顔面からフェイスラインをすべらせる。

「あ……さっきとは違う化粧品かしら。匂いも違いますね……」

ドキッとするような言葉に、

「あ、ああ……器具を変えたから、化粧品も変えたんだ。顔に使っているのは超天然の保湿液だよ」

ごまかした。

美和子は二種類のマッサージを受けて夢心地である。

(ううっ、すごいぞ。俺のチ×ポが美和子ちゃんのキレイな顔を行き来してる)

ぐっと頬の部分に押しつけると、美和子は亀頭で圧された顔をへこませながら、
恍惚の声を漏らすのだ。

「ンッ……気持ちいい、そこ……何のツボでしょうか?」

「た、たぶん……ほうれい線に効くツボじゃないかな?」

適当に美容の知識を述べ、ベッドの反対側へと回った。

「つ、次は反対側の頬をマッサージするね」

「はい、お願いします」

美和子は何の疑いもなく、甘い声で返答した。

ホットアイマスクとアロマとBGMに加えて、二種類のマッサージの感触が気に入ったようで、すっかり辰男に身を委ねている。

(よーし)

辰男はハンドマッサージャーを逆の手に持ち替えた。

興奮で卒倒しそうな思いに駆られながらも、先ほど同様、ハンドマッサージャーで胸元や首筋を揉みほぐし、もう一方の手で肉棒を握る。

(おお、俺のチ×ポも嬉し泣きしてる)

鈴口からは大量のカウパー液が噴きだしていたが、ためらうことなく、美和子の艶やかな頬に亀頭を押しつけた。

ぐっと頬がへこむ。美女の歪んだ表情に、さらに辰男のボルテージがあがっていく。

「ン……気持ちいいです。さっきよりも熱い……」

が、次の瞬間、勢いあまって金タマ袋までピタンッと当ててしまった。

（ま、まずい！）

辰男は慌てて腰を引いたが、

「今の……何でしょうか？　柔らかくて吸いつくような肌触りですが」

美和子は予想外の感触に、驚いたようだ。

「えっと……企業秘密。アイマスクは取らずにリラックスしていてね」

「は、はい……」

辰男はホッと胸を撫でおろす。しかし、気が気でならない。

（ヤバいよ。まさか金タマが当たるなんて……）

陰嚢の感触など、美和子は当然知っているだろう。

だが、壮大な嘘がバレにくいのと同じで、予想をはるかに超えた出来事は、案外わからないのかもしれない。

辰男はこれ幸いとばかりに、真っ赤に肥え太るペニスで美和子の顔面を撫で回した。

「ン……シリコン製かしら……温かくて弾力もあって……」

美和子は自ら頬ずりするかのごとく、顔面を押しつけてくる。

（ああ、俺はあの美和子ちゃんの顔にチ×ポをなすりつけている。しかも、彼女

はそれをハンドマッサージャーだと信じて疑うそぶりも見せないのだ）

ほんの少しだが、溜飲をさげた気がする。

辰男は調子に乗って、亀頭を唇すれすれの位置まで持っていく。

そして、時おり金タマ袋でも頬をさすった。幸いにして美肌自慢の辰男の陰嚢には、産毛がほとんど生えていない。そのもっちりした感触も、功を奏したようだ。

「ああ……気持ちいい……なぜか、懐かしいような気もします」

「そ、そうか……気に入ってくれてよかったよ」

ヴィヴィーン、ヴィヴィーン……

（まずい、ペニスばかりに気を取られちゃだめだ）

辰男はあわててハンドマッサージャーを持つ手にも意識を集中させ、美和子の胸元をさすっていく。

と、亀頭が美和子の唇の端に触れた。

「あら……この感触……」

「えっ？」

「や……やだ、私、今ごろお酒が回ってきたのかしら……」

何かを察したのだろうか、美和子はそわそわと尻を揺らして落ち着かないそぶりを見せた。

心なしか、ぬらつく頬を赤らめ、唇を震わせている。

（ああ、俺のチ×ポが美和子ちゃんの唇に……）

辰男のペニスが激しく打ち震えた。

脈動に合わせて、ドクンと先走りの汁が噴きでている。

（どうしよう、ここまで来たんだ……このままズブッと口に……。いや、そんなことしたらダメだ。でも……ここで寸止めかよ。ああ、どうすりゃいいんだ！）

辰男が心で叫んだ次の瞬間、

「……ンンッ」

ツルンとすべった亀頭が、美和子の半開きの唇を割って、口内に入っていくではないか。

「うぐっ」

美和子がイチモツを呑みこんだ。

まさか――と思う間もなく、肉棒は半分ほど、生温かな口腔粘膜に包まれていく。

「おおっ……おおう……くうっ」

辰男の体に激しい電流が突き抜けた。むろん、歓喜の電流だ。

(マズい！　ああ、でも……気持ちよすぎる……くううっ)

信じがたい光景に目を血走らせていると、

「うぐっ……ぅんぐうっい……」

目隠しをされたまま、美和子は頬をすぼめ、無意識に舌を絡みつけてきた。

「み、美和子ちゃん……くうっ……くううっ」

辰男は歯を食いしばった。

得も言われぬ快感が、股間から背筋へと這いあがっていく。

唐突なハプニングに頭が混乱するものの、凄まじい愉悦だけが辰男を翻弄させる。

「た、玉木……ひゃん……くうっ」

美和子自身も、何が起きているのか理解していないのかもしれない。それでも、肉棒を頬張っているのは無意識だろうか。

「おおっと」

辰男が崩れそうになったひざを踏ん張った直後、握ったハンドマッサージャーの先端が、ダダダッとモーター音を立てながら、美和子がまとうエステウエアの胸元を強く押した。

「おっ」

ぶるんと巨大な膨らみが現れた。

仰向けでもひずまぬ丸いお椀型の白い乳房が、ダウンライトに照らされる。やや大きめのピンク乳輪の中心に、赤い乳頭がツンと尖っている。

(おお——おおおっ——!!)

辰男は歓喜の咆哮をあげた。

偶然とはいえ、フェラされながら、オッパイも拝めたのだ。

気づけば、ブルブルと震えるハンドマッサージャーの先端を、美和子の乳首に当てていた。

「ヒッ……アッ……」

美和子は咥えこんだペニスを吐きだし、身をのけぞらせた。

しかも、両手でアイマスクをはぎとろうとしている。

「待って、美和子ちゃん!」

辰男はとっさに待ったをかけた。

「君が嫌がることは、絶対にしない……だから、目隠ししたまま、このまま続けさせてくれないか」

そう必死に懇願していた。

「た、玉木さん……私……何が何だか、さっぱりわからない……私、だまされてる？」

美和子ははだけたエステウエアを引きあげ、乳房を覆いかくした。

「だましてなんかいない！　ただ、本当にモニターになってほしいんだ。今、胸元に押しつけたのは、間違いなく御社とコラボしたいハンドマッサージャーなんだ」

ヴィヴィーンと機械音が響く中、辰男は冷静に返答した。

「じゃあ……二番目に使った顔のマッサージ器は？」

「そ、それは……？」

辰男は返答に詰まる。

「あと……肌にピタッと張りついた、すべすべしたものは……？」

「えっと……」

まさかペニスと金タマ袋だとは言えない。

(どう答えればいい？　どうすりゃいいんだ？)

二の句が継げず、押し黙った辰男に、美和子は意外な言葉を返してきた。

「わ、私……どちらのマッサージ器具も、嫌いじゃないです……だから……アイマスクは外さないから、このまま続けてください……さっきのマッサージで、私……変になったのかも……」

美和子は全て受け入れたと言わんばかりの口調で、恥じ入るように自ら胸元をはだけた。

4

「はあっ……ンッ」

五分後、裸になった辰男は、アイマスクをしたままエステ用ベッドで仰向けになった美和子にまたがり、豊満な乳房にむしゃぶりついていた。

(すごいな……この弾力……巨乳妻の波子さんといい勝負かもしれない)

ムギュムギュと揉みこむと、ゴム毬さながらの弾力が手指を圧し返してくる。

同じ巨乳でも、二十三歳の波子の乳輪は小さめで可憐な印象だが、美和子のはやや大きめで色も濃く、それがかえって熟れた魅力に満ちて、エロスを際立たせている。

(感度もいいじゃないか)

辰男が双乳を揉みこむたび、美和子は首を左右に振りながら、汗ばむ体をよじらせる。

タオル地のエステウエアはぐっしょりと湿り、くびれから尻だけを覆うのみとなっていた。ムチムチの太腿が徐々に開いていき、辰男は下腹をまさぐるタイミングを見計らっていた。

「美和子ちゃん、迫力あるボディだね。これで井本専務も骨抜きにしたのかな」

リストラの憂き目に遭った恨み節も交えながら、乳首をピンと舌先で舐めあげると、

「はあっ……井本専務の名前は出さないで」

美和子は冷遇を受けている悔しさからか、甲高い声で反論する。

「でも、アイツとこうやってエッチなことをしてたんだろう?」

チュッと乳輪ごと吸いあげると、

「アンッ……ア……ッ」

美和子はもっと吸ってと言いたげに、乳房をつきあげ、汗みずくの体を震わせる。

最初こそベッド脇を摑んでいた両手は、いまは辰男の両頰を優しく包み、撫で回し、時おり、耳たぶをぷにぷにとさすってくる。こんなふうに耳たぶを触ってくる女もいるんだ……と思うと、愛しさと同時に、同じ行為をしているであろう井本への嫉妬もこみあげてきた。

依然、ペニスの芯は熱く、ズキズキと疼いていた。

早く美和子の下半身を弄りたい衝動に駆られながらも、

(下半身を責めるのはもう少し待って、焦らしてやろう)

辰男は、美和子の片腕を取り、ぐっと上に持ちあげた。

「アンッ」

美しく処理された腋の窪みが晒される。

「はあ……美和子ちゃんはワキもキレイだね」

ムダ毛もくすみも無い、つるりとした白い窪みに、感動すら覚えた。

辰男は乳首を吸いあげた舌を移動させ、ネロリと下から上に、腋下を舐めあげた。

「ン……ンン……恥ずかしい……汗が……」

「大丈夫、美和子ちゃんの汗の味、とても美味しいよ」

事実、サラサラの汗のしょっぱさは、少しも不快ではない。

美しい美和子の分泌物だと思うと、興奮が増していく。ざらついた舌の表面でいくども腋をねぶり、もう一方の手では、乳首をコリコリと摘まんでいった。

ピチャッ……ネロリ……ネロリ
「はあっ……あ……ンッ」

美和子は乳首と腋下を刺激されて、息も絶え絶えに敏感に身をよじった。

一人用のベッドなので、動きが制限されることも辰男の興奮に拍車をかける。目隠しをしているだけに、不自由な姿はことのほかエロティックで、淫らな肉人形にさえ思えてくる。

（そろそろかな）

辰男の手がエステウエアの裾をめくり、下腹の奥へと侵入すると、

「ァ……ッ」

美和子は、緊張に力ませていた太腿を、待ちわびたかのようにゆっくりと脱力させた。

辰男に身を委ねるという美和子の意思が伝わってくる。

すべらかな太腿を撫で回すと、美和子は紙ショーツを穿いた尻を敏感にくねらせた。

(おっ……おお)

辰男が目を剝いたのは、薄い紙のショーツが愛液にぐっしょりと濡れ、予想以上に変色していたからだ。色が薄いネイビーだけに、そのシミは明白で、ワレメから広範囲にわたって美和子の愛液を吸収している。

「すごい……美和子ちゃんって濡れやすいんだね。素晴らしいよ」

立ち位置を後ろに移して、まずはショーツの上から指でワレメをツツーッとなぞりあげた。

「んんっ……はうっ」

美和子は腰をはねあげた。極薄の紙が指先にヒタ……といやらしく吸いついてくる。

充血した肉ビラがふっくらと盛りあがり、目を凝らせばヒクヒクと蠢いているのがわかる。

辰男はイタズラ心に駆られた。

ぴっちり張り付いたショーツのフロント部分を摘まみあげ、ひも状になった薄紙をぐっとワレメに食いこませたのだ。

「ああっ……いやっ」

美和子は眉根を寄せ、唇を歪めた。

しかし、嫌がっていないことは確かだ。濡れた唇のあわいからは恍惚のあえぎが漏れ、もっと淫らなことをしてほしいと訴えている。乳首もビンビンに赤く尖り、欲情がいっそうエスカレートしているのが手に取るようにわかった。

「ああ、エッチなオマ×コだなあ、膨らんだビラビラが両脇から出てるよ」

辰男は、食いこんだ紙パンティをキュッと持ちあげてさらに食いこませると、クイッ、クイッと引きあげた。

「あっ、あっ……ああっ」

美和子の充血した女陰が引き攣れる。濡れた陰毛が媚肉とともに両側から顔を出し、合わせ目の上には、ピンと勃ったクリトリスの突起までもが見受けられた。

「ほーら、クイッ、クイッ」

もはやパンティの意味をなさないひも状の紙ショーツを、辰男がリズミカルに持ちあげるたび、それに合わせて、美和子は「あっ、あっ、ああっ」と甲高くあえいでいる。

しばらく、同じ動きで刺激していた次の瞬間、

ビリビリッ……!!

突然、紙が切り裂ける音が響いた。

ショーツが破れたのだ。

「いやあああっ」

美和子の悲鳴を耳にしながら、辰男は眼前に現れた美和子のヴァギナに目を奪われた。

こんもりと盛りあがる恥丘の下には、逆三角形の陰毛が愛液に濡れて張りつき、珊瑚色にぬめる肉厚の花びらがぱっくりと真紅の口を開いている。

甘酸っぱい発情の匂いをプンプンと漂わせながら――。

「な、何てエロいオマ×コなんだっ……こんなに濡れて……まさか紙ショーツが破れるなんて」

辰男は驚きと感嘆のため息をついた。

「ああッ……見ないで……ッ」

「いや、じっくりと見るよ。いやらしい匂いも嗅がせてくれ」

美和子の股ぐらに顔を寄せてたっぷりと匂いを吸いこんだ辰男は、ヒクつく女陰にふううっと息を吹きかける。

「んっ……ああ」

美和子は尻をもじつかせると、辰男の息はたっぷりと淫らなメスの匂いを含んで、跳ね返ってきた。

「嬉しいよ、こんなに感じてくれて」

辰男は床にひざをつくと、美和子の両脚をぐっと広げた。

「あぁっ」

美和子の悲鳴が響く。が、抵抗する様子はない。

視界が遮断されているため、次のアクションが予想できず、金縛りになっているのだろう。

蝶の羽のような肉ビラが左右に広がり、その奥からはトロトロと熱い欲望のエキスがあふれて、会陰を濡らしていた。否応なく、ハメごこちの良さを期待してしまう。しかし、その前にはたっぷりとクンニリングスでヨガらせ、商品を試さねばならない。

「このまま脚を持っててくれないか？」

「えっ……」

「この狭いベッドじゃ、美和子ちゃんの脚の置き場に困るだろう？」

一人用のベッドのため、幅がない。よって、美和子自身にM字開脚を願いでたというわけだ。

「わ、わかりました……」

素直に応じる彼女の花園に、再び顔を近づけていく。

先ほどよりムッと濃くなった女臭が辰男の鼻孔をつく。

珊瑚色の肉ビラを両手の親指で広げ、匂いを嗅ぎながら、舌を差しだしていく。

そぼ濡れる女の粘膜にヒタ……と舌先を密着させ、ツツーッ、ツツーッと這わせていくと、

「んっううっ……くくっ……」

美和子はピンクに染まった太腿を震わせた。

乳房の時にも感じたが、性感が研ぎ澄まされたかなり敏感な体である。

（もしかして、美和子ちゃんは井本専務に冷たくされて、欲求不満か？）

それならそれで、大歓迎だ。

辰男は鼻息を荒らげながら、ふるふると震える花びらをねぶり、肉穴につき入

れた舌を上下左右に躍らせた。

「あううっ……はぁあああっ……」

悦びに頬を紅潮させた美和子の表情を観察しながら、ジュルルッ……とわざと大きな唾音を立てて、愛液を啜った。甘酸っぱさが口いっぱいに広がり、辰男は夢中で呑みくだす。

肉の風味も、粘液の味も、女によってこれほど違うのかと驚かされるが、頭の中はいかに美和子と恍惚を分かち合い、商品を駆使してヨガらせるかに占領されていた。

M字開脚を必死で保つ美和子の会陰からワレメをチロチロとねぶり、クリトリスを口に含むと、

「はううっ……そこ」

美和子が切羽詰まった声をあげる。

やはり、どの女もクリ豆は急所なのだ。すでに包皮が剝けきった赤い突起を口内で舌で弾き、チュッと吸いあげる。

立て続けにチュパチュパと吸いまくっていると、

「あぁっ……ダメッ……ダメッ……はぁあああっ!」

美和子は首をちぎれんばかりに振りながら、尻を大きくくねらせた。

「むうっ」

辰男は夢中でクリ粒を吸いあげ、くにゃくにゃになってほつれたワレメの肉にむしゃぶりついた。口の中で唾液とともに花びらをよじり合わせると、美和子はいっそうあえぎ声を強め、したたかにヨガリまくった。とどめに、硬く伸ばした舌でズブリと貫くと、

「ハァアアアッ……くううッ」

裏返った声がワンオクターブ高まった。

（そろそろだな）

辰男はクンニリングスを続けながら、傍らに置いたハンドマッサージャーを手で探った。

（よし）

素早く摑んだハンドマッサージャーを握りしめ、電動スイッチを入れる。

ヴィヴィーン、ヴィヴィーン！

「ヒッ」

美和子が突如響いたモーター音に驚きの声をあげると、

「さあ、これを使わせてもらうね」

美白美容液を先端に塗り、愛液まみれの膣口にあてがった。

ズブッ……ズブズブ……ッ
ゆっくりと押し入れていくと、あふれる愛液を潤滑油に、器具はいとも簡単に美和子の膣内《なか》に呑みこまれた。

「はああっ……響くっ……すごい！」

美和子は歓喜に頬を引き攣らせながら、腰を揺らめかせた。崩れそうなM字開脚の手を離さぬよう、必死に摑んでいるが、それも時間の問題だろう。

辰男がハンドマッサージャーをゆっくりと前後させる。

「くううっ、くううっ」

獣じみた悲鳴をあげた美和子は、ガクガクと脚を震わせ、足裏を反り返らせた。

「気持ちいいかな？　我が社自慢の美容液がオマ×コの中に浸透して、もっと感じやすい体になるよ」

辰男はなおも器具を行き来させると、美和子は不自由な体勢の体を大きく左右に揺さぶりながら、唇を嚙みしめた。

「いいっ……気持ちいいですッ！」

その言葉を受けて、辰男は微妙に角度と深度を変えながら、慎重に器具を抜き差しした。

膣上部のGスポットをぐいぐいと責めたかと思えば、子宮口めがけてまっすぐに突き入れてやる。

すでにトロトロになった美和子の膣路は実にすべりがよく、なめらかな抽送が可能だが、時おり食いしめるような吸着も浴びせてくる。

やがて、噴きだした汗が飛び散るほど激しく、体を躍らせた。

「も、もう許して……ッ」

アイマスクの表情がひときわ、歪んだ。

「ああっ……出ちゃうッ……出るッ……いやぁあああああっ！」

淫靡な空気を切り裂く叫びと同時に、ピュピュッ、ピュピュッと透明な潮が吹いた。まるで噴水のように噴きあがり、辰男の手と腹に勢いよくかかった。

（す、すごい、美和子ちゃんが潮を！）

辰男は嬉々として、ハンドマッサージャーの出し入れを続けた。

ジュブッ、ジュボボッと水音が響き、それに重なって、美和子の悲鳴じみたあえぎが漏れてくる。

潮を吹いた女を見るのは初めてだ。驚きと達成感が辰男の腹の奥から沸々と湧いてくる。

「ああっ……もう止めて……止めてくださいッ」

美和子の絶叫が室内に反響する。

M字開脚の手を解いて、自ら胎内を貫く器具を引きぬいた。

ぐっしょりと濡れたベッドの上で、美和子はいつまでもハアハアと息を荒らげながら、自分でも信じられないと言いたげに、呆然と吐息を震わせていた。

5

(まさか、潮まで吹くとは……)

美和子の呼吸が整った頃を見計らい、辰男はアイマスクをしたままの美和子の唇に、キスをした。

「ン……」

舌を差し入れようと思ったが、美和子はよほど体力を使ったらしい、半開きの唇をわなわなと震わせながら「ァ……ン……」と、絶頂の余韻に浸っているかに見えた。

ゴム毬のような乳房は呼吸のたびに上下し、興奮でいっそう生々しいピンク色に染まっている。さらに赤味を増した乳首も硬く尖っていた。

いまだアイマスクを外さないのは、この状況が気に入っているのか、それとも感じすぎた表情を見せたくないからだろうか。

ハンドマッサージャーを持つ辰男の右腕も痺れていた。手首からひじ辺りにジンジンと痛みが走っている。

しかし、ここで終わることはできない。

いよいよ美和子と合体し、ダブル打ちを披露するのだ。

辰男は体位を考えた。

(本来なら、バックから突きあげるのが、一番効果的なんだが)

どの女性も背後から挿入して、金タマ袋でクリトリスを刺激する行為を絶賛してくれた。

しかし、今の美和子では無理かもしれない。下手に体力を消耗させてしまうと、かえってセックスそのものの良さを実感できないだろう。

(よし、決めた)

辰男はベッドのスイッチを操作し、辰男の太腿あたりまで上昇させた。

「美和子ちゃん……大丈夫かい？」

美和子の顔をのぞきこむと、

「わ、私……恥ずかしい……ううっ」

美和子は両手を交差して胸元を隠し、太腿をよじり合わせた。

感じすぎて潮を吹いてしまったことを恥じているのだろう。体全体を丸めて身を縮ませている。

「恥ずかしがることはないよ。嬉しいんだ。潮を吹いてくれた女性なんて初めてだよ。性感が敏感な女性は、男からすると本当に魅力的なんだ」

心からの言葉を告げると、

「本当……？」

美和子は少しだけ安堵の声を返してくる。

「本当さ、その証拠に……」

美和子の手を取ると、辰男は熱くそそり立つ勃起を握らせた。

「ああ……硬い……」

「美和子ちゃんの中に入りたがってる、いいかな」

恐るおそる訊くと、

「は、はい……」

美和子は両手でペニスを包みこみ、愛おしそうに撫でさすった。

「気持ちいいよ……すごく」

「さっきの……二度目のモノは玉木さんのこれですよね」

絡ませた指が亀頭へと這いあがり、尿道口から噴きでた先走りの汁をすくった。

「あ、ああ……やっぱりわかったか」

「……もう一度、おしゃぶりさせて」

そう言うなり、美和子は脈打つ怒張に顔を寄せ、亀頭に唇をかぶせた。

「あうう」

すぐさま舌が絡みつく。生温かな唾液がねっとりとまとわりつき、握った根元をしごいてくる。

クチュッ……チュパッ……

「はあ、気持ちいいよ……でも……正直、もう限界なんだ。早く入れてもいいかな」

美和子が「……やだ、私ったら、つい」と怒張を吐きだす。

辰男は足元に回り、仰向けの美和子のひざ裏に手をかけてぐっと引き寄せる。立ったままの体勢で、蜜まみれの女陰の中心にペニスをあてがった。

「ぁあ……」

美和子が期待に頬を上気させる。

「いくよ」

狙いを定めて腰を送りこむと、ズブズブッ……と怒張は蜜壺へを呑みこまれていった。

「ひっ……あぁぁあああっ！」

美和子はのけぞりながら、辰男の腕をひしと摑んだ。

しかも、膣の感触が驚くほど心地いい。まったりとペニスを包みこみながらも、その緊縮力は凄まじく、何よりも煮詰めた飴のごとくトロトロに蕩けている。

散々マッサージャーでほぐし、潮まで吹かせたのだ。辰男が腰を前後して貫くほどに、どこまでも深く男根を沈ませていく。

「はあぁっ……んんっ……玉木さんッ」

一打ちごとに、美和子の膣内《なか》は熱を高めていった。

「ううっ、キツイ……すごい締まりだ」

辰男は感嘆し、なおも肉棒を叩きこむ。

しかし、ダブル打ちを封じるスローテンポだ。もっとヨガらせた最後の最後で、サプライズとして披露しようという魂胆だった。

美和子のひざ裏をしっかりと両手で支え、ピストンを送っては遠のいた女体を再び引き寄せた。

「ンンッ……はぁああっ」

貫くほどに、美和子は好反応を見せた。

視覚を遮られているため性感が研ぎ澄まされるのか、肌がまだらに染まり、汗粒の光る肢体をくねらせ、あえぎ続ける。

アイマスクをしているため、唇の動きもやけに卑猥に見えた。

下唇を噛む、白い歯をこぼす、口を開けた瞬間に糸を引く唾液までもがエロティックで煽情的だ。

（たまらないな……そろそろ、いいだろう）

辰男は思いきり腰を引き、渾身の一撃を浴びせた。

ズブズブッ、ビターンッ!!

男根の挿入とともに、金タマ袋が激しく美和子のアヌス周辺を強打した。

「キャアアッ」

今までとは違う刺激に、美和子が声を裏返らせた。

「……なんですか……今の」

美和子は予想通りの言葉を口にした。

「俺の金タマさ、他の人よりもちょっと大きいらしくて――」

言いながら腰を引き、再び、辰男は腰をぶつけた。

先ほどより力んだせいで、美和子の淫蜜が飛沫をあげる。

「ああんっ……すごいっ」

深々と屹立を挿入した辰男は、目隠しされた美和子を覗きこみ、改まったように告げた。

「お願いがあるんだ。さっきのハンドマッサージャーを、美和子ちゃんからも井本専務に勧めてもらうことはできないだろうか」

「えっ……私から……？」

「ああ、アダルトグッズはダメだと断られたけれど、美和子ちゃんは潮を吹くくらい気持ちヨガってくれただろう？　どうしてもこのコラボを実現したいんだ」

「で、でも……私は最近、専務に冷たくされているんですよ。話なんて……」

「じゃあ、ここは正直に正攻法でどうだろう。俺が商談に行った日の帰りがけに、たまたま美和子ちゃんと再会し、コラボの話題になった。頼みこまれて仕方なしに使ったら、すごく気持ちよかった。今度は専務とも二人っきりで試したいと甘えてみるんだ」

「……そんなこと」

「頼む！　お願いできるのは美和子ちゃんだけなんだ。専務は銀座のクラブにハマっているって言ってたけど、男って誰でも一時的な浮気心があるものさ。それに、美和子ちゃんだって、僕と関係を持ったわけだし――」

すかさず、ズブズブッ……と乱打を見舞う。

「ああっ……はあっ」

花びらがめくれあがり、膣路がキュッと収れんした。根元までズッポリと挿入したペニスの先端は、最奥まで挿入していると思えるほどに、深々と女肉を割り裂いていた。

(うう、抱くほどにアソコがきつくなってくる)

危うく漏れそうになるのを必死にこらえていると、

「わ……わかりましたッ。井本専務に話してみます……はぁぁあああっ」

「ありがとう。少し速度をあげるね」

言質を取ると、辰男は再び腰を打ちこんだ。

ペニスを喰らいこんだ美和子の女陰は、今まで以上にこんこんと愛液を噴きこぼし、ズチャッ、グチュッと粘ついた肉ずれの音を響かせている。

ズブズブッ、バチーンッ、ジュブジュブッ、ビターンッ!!

「おおうっ、むうっ」

辰男もピッチを加速させていく。

穿つたびに美和子の巨乳がブルブルと上下に弾み、腰に巻きつくエステ着がめくれあがった。

蜜壺は肉棒をさらに強く食いしめる。

うねる膣ヒダがカリのくびれにまとわりつき、ペニス全体に吸いついてくる。

突くほどに、美和子の粘膜を侵食するのが実感でき、密着感も高まっていく。

「ああっ……ダメッ……もう、もう……許してくださいッ……イク、イキます！

はあぁあ――、いやぁああ――っ！」

美和子は髪を振り乱して叫んだのち、大きく上体をたわめ、ガクン、ガクンと激しい痙攣を見せた。ざわめく蜜壺が、いっそう肉棒を食いしめてくる。その感触を心置きなく味わってから、辰男はフィニッシュに向けてラストの乱打を浴びせた。

ギュッと締めあげる膣の感触に満足しながら、渾身の力で最奥を穿ちまくる。

やがて、尿管にせりあがる熱い塊が、盛大な花火のごとく爆ぜた。

「おおっ……出るッ……出るよ!」

低く唸りながら、辰男は熱く濡れた肉ヒダの奥にドクッ、ドクッと煮えたぎる白濁の液を噴射した。

「ああ、すごい……感じます……玉木さんが……私の中で……」

握った辰男の腕に爪を立てながら、美和子は膣奥に浴びせられた放精を、しっかり受けとめる。

最後の一滴まで放出すると、

「こんなセックス……初めて……」

高みにいざなわれた美和子は、充足した言葉を熱い吐息とともに吐きだした。

エピローグ

三カ月後――。

「皆さま、本日はJヘルスケアとクリス化粧品のコラボレーション企画商品のパーティにお集まりいただき、誠にありがとうございます」

都内ホテルのパーティ会場に堂々たる声が響いた。

登壇しているのは井本専務だ。

ダークスーツに身を包んだ彼は、相変わらずの仏頂面だが、まさに威風堂々という言葉が似合いの風情だ。

「創業から二十年、『健康こそ宝』と謳ってきた我が社ですが、これからは『健康とセックスライフこそが活力の源《みなもと》』をモットーに、さまざまな会社と協力してまいる所存でございます。第一弾は、クリス化粧品との合同企画したこちらの商品をネット販売する予定です」

背後のスクリーンに商品が大きく映し出されると、三百名ほどの男女が「ほお」「あら、お洒落」と感嘆の声をあげた。

かつて、辰男がセールスしていた黒いハンドマッサージャーとともに映し出されたのは、パステルカラーにリニューアルされた膣内にも使用できるアイテムだ。

クリス化粧品一押しの美白美容液を塗って、振動と低周波で皮膚や粘膜に浸透させる美容とリラックスを併せ持つ画期的な商品である。

井本専務の挨拶と説明が終わり、大きな拍手が会場内に鳴り響いた。

辰男が感極まって拍手を送っていると、後ろから、

「玉木さん、おめでとうございます！」

弾んだ声がかけられた。

華やかに着飾った美保である。

今日は社員やメディア関連客の他、両社の顧客も招待されていた。

美保の後ろにいた波子も、メガネの奥の目を細め、

「玉木さんが企画した新商品なんですってね。営業だけではなく、企画開発までしちゃうなんて、素晴らしいです」

賞賛の言葉を口にした。

「ありがとうございます。お二人には化粧品の定期購入とエステ会員も継続していただき、感謝しています」

辰男は深く頭をさげると、美保がこっそり耳打ちしてきた。

「ねえ、次のデートはいつ？　波子さんも一緒がいいって言うんだけど」

「えっ？」

「玉木さんは、アフターサービスもしっかりしてくれるんですよね？　ダブル打ちが待ち遠しい」

美保に続いて、波子も熱っぽく呟いた。

「えっ……そうですか。では、後ほどスケジュールを……」

しどろもどろになっていると、

「玉木さん」

またも名前が呼ばれる。

見れば、茜がS社のシックな制服姿のままツカツカと歩み寄ってくるではないか。

「休憩時間に来たのよ。新商品発表、おめでとうございます。私も購入させていただきます」

「あ……茜ちゃん、あ、ありがとう」

三人の美女に囲まれた辰男の側に、

「あら、茜さんもいらしていたの?」

次いで登場したのは、井本専務の妻、佳奈江である。

茜と形ばかりの挨拶をしたのち、辰男の腕を摑んだ佳奈江は、辰男の耳元で囁くように、

「ねえ、またホテルで逢いましょう。アナタのおかげで、あの家庭教師の彼ともさらにうまくいってるし、何よりもコラボが成立したんだから、定期的なアフターサービスは当然のことでしょう?」

とんでもないことを言いだした。

「えっと……」

見渡せば、女たちは獲物を狙うような目で辰男を眺めているのが手に取るようにわかる。

それはライバル心よりも「男をシェアする」という、女性ならではの連帯感が伝わってきた。

（マズいぞ――ここはいったん、さがったほうがいいな）

そう思ったところに、

「玉木さーん、おめでとうございます！　やりましたね！」

紺の制服姿の美和子が現れた。

女性陣に囲まれて困惑している辰男の手を取り、少し離れた場所まで行くと、

「今回のコラボ実現の功労者は、間違いなく私ですよね。玉木さんのおかげで井本専務とはヨリを戻せたんですが、あの一夜も忘れられないんです。次のプライベートエステはいつ頃がいいですか？」

目を潤ませながら、誘ってくる。

（おいおい……）

美女たちの舐めるような視線を一身に浴びながら、辰男は頬を引き攣らせつつも、胸中で嬉しい悲鳴をあげるのだった。

「ハメるセールスマン」（「スポーツ・ニッポン」二〇一九年一〇月一日～一一月三〇日に連載）を大幅加筆修正。

二見文庫

ハメるセールスマン

著者　蒼《あお》井《い》凛《りん》花《か》

発行所　株式会社 二見書房
東京都千代田区神田三崎町2-18-11
電話 03(3515)2311［営業］
03(3515)2313［編集］
振替 00170-4-2639

印刷　株式会社 堀内印刷所
製本　株式会社 村上製本所

落丁・乱丁本はお取り替えいたします。
定価は、カバーに表示してあります。

ISBN978-4-576-20047-7
https://www.futami.co.jp/

人妻エアライン

AOI,Rinka
蒼井凜花

航空会社ビーナスエアラインは、「人妻限定」でCAを募集、そのため「人妻エアライン」とも呼ばれていた。そのことで、人妻CAたちは、「期待」を持って搭乗してくる客たちに好奇の視線を浴びせられ、様々な行為を求められたりしていた。一方のCAたちも、夫への欲求不満が募っていて……。女性にも大人気の元CA作家による官能エンタメ！

奥さま限定クリーニング

AOI,Rinka
蒼井凜花

実家のクリーニング店を手伝うことになった健二。高級住宅街にあるため、顧客はセレブな女性ばかり。ある日、客が出そうとした荷物からハラリと下着が落ちて……。その日から、奥さまの体もクリーニングいたします！——と、シミ抜きの技術を生かしつつ近所の人妻たちを相手に体験を重ねていく。人気の女性作家による官能エンタメ！

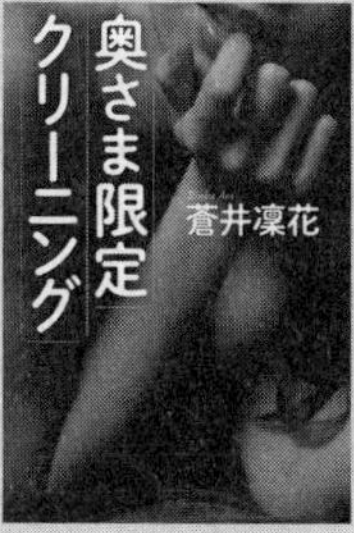

めた目で氏真の次の言葉を待っている。

氏真は泰勝から届いた書状を、そのまま志寿に見せた。震える手で受け取り、ひと呼吸置いたあと、志寿は視線を走らせる。手の震えが大きくなる。きゅっと唇を噛《か》み締めて、堪えようとしたが、涙が溢《あふ》れてきたようだ。書状の文字が滲《にじ》んだ。

「仕方なきことでございます」

書状を丁寧に畳んで氏真に戻すと、志寿はやっとそれだけを絞り出した。

「のう、於志寿、我慢せずともよいのだ。わしは於志寿の前では何も隠さず、みっともないところも弱き部分もすべて見せてきた。それをそなたが受け止めてくれ、どれほど救われてきたことか。だから於志寿も、わしの前では何一つ気兼ねはいらぬゆえ、泣きたいなら好きなだけ泣くといい」

「五郎様」

志寿は、氏真にしがみついてきた。

「母上様、兄上様」

悲鳴のような声で叫んだ。

それから激しく泣き始める。志寿が氏真の前で声を上げ、子どものように泣いたのは初めてだった。

氏真は志寿の髪や背を撫でる。志寿の気が済むまで、黙してそうしてやった。

氏真にとって転機がまたやってきた。家康の領土が秀吉の命で、旧北条領へ転封《てんぽう》と決まったのだ。暇乞《いとまご》いのために氏真は、天正十四年から家康の居城となっている駿府を訪問した。

家康は、移封後も領内の好きなところに屋敷を用意してやると言ってくれたが、氏真は首を横に振った。今の志寿には、北条とは所縁のない地の方が、心落ち着くのではないかと思ったからだ。

「京に住むつもりだ。知人も多いし、今では土地勘もある」

それに何事か京に動きがあるときは、本多正信を通じて家康に知らせてやれる——と心の中で付け加える。

「そうか。たまには顔を見せに来るがいい」

家康は笑ってうなずいた。

こうして氏真一家は京へ移住することになった。氏真は五十三歳になっていた。

浜松の館を出て出立する日、

「老い先も短くなった。これからは好きなことだけをして、共に寄り添って静かに暮らしていこう」

氏真は志寿に向かって手を差し出した。志寿が目を細めてうなずく。

「しみじみと嬉しゅうございますなあ」

氏真の手を取った。

二人はいつもこうして手を握り合って歩んできた。今はこれに、子どもたちの温もりも加わる。この乱世、齢五十を過ぎてなお、妻も子もひとりも失わずにいられるのは奇跡ではないか。この手の温もりだけが氏真の守れたものだったが、それは城や国などとは比べようもないほどに、自分にとって一番大事なものだった。

京に上ってからの氏真は、好きな和歌を公卿たちに交じって存分に楽しんだ。今、付き合いのある公卿たちは、今川時代から続いている者もいたが、大半は天正三年に信長が結んでくれた縁だ。氏真にとっての「生きる」ということは、人との縁を結び行くことだった。丁寧に結んでいけば、だれからも何も奪わずとも笑って暮らしていけることに、ようやく気付いた。

それから、志寿を連れて寺社巡りもやった。あまり館の外に出たことのなかった志寿は、こうして氏真と一緒に京巡りができることを、無邪気に喜んでくれる。

秀吉は翌年天下統一を成し遂げ、甥の秀次に関白の地位を譲って太閤となった。これで平穏な世がくるかと思っていたが、今度は唐入りをするという。

（なぜだ、なぜ日の本が治まったというのに、海の外に飛び出してまで戦を続ける……）

氏真には理解し難かった。だが、それも今の氏真には別世界の話だ。もし、城持武将に返り咲くことを諦めていなければ、秀吉の命で異国の地にやられていたかもしれない。

（ぞっとせぬな）

氏真は今の自分の境遇に感謝した。

ところが――。

その秀吉に、呼び出されたのだ。聚楽に来いという。もう年の瀬も差し迫ったころだ。志寿に伝えると不安そうな顔をしたが、行かないわけにいかない。氏政も聚楽への呼び出しを拒んで殺されたのだ。

（いったい何の用があるというのだ）

聚楽の名は楽しみを集めるという意味である。秀吉が平安京の大内裏跡地に贅《ぜい》を尽くして建てた権力の象徴のような城だ。金箔を施した甍《いらか》が黄金の光を弾き、純白の白壁を眩く照らしている。

氏真は、煌《きら》びやかな蒔絵《まきえ》を施した長い廊下を渡り、四、五十畳ほどある座敷に案内された。秀吉の姿は見当たらなかったが、そこには二十人ほどの男たちがすでに集まり、歓談していた。幾人か知った顔がある。織田長益《おだながます》、滝川雄利《たきがわかつとし》、曽呂利新左衛門《そろりしんざえもん》、六角義治《ろっかくよしはる》、赤松則房《あかまつのりふさ》……一番ぎょっとしたのが、足利義昭がいたことだ。将軍職は三年前に朝廷に返上し、そのときに変名したと聞いていたが、新しい名を氏真は知らない。ただ、前将軍なので会釈した。義昭自身は目も合わせてこない。

みな思い思いのところに好き勝手に腰を下ろしているように見えるため、

「何の集まりでございましょうや」

氏真は公卿らの酒宴で知り合った曽呂利新左衛門の横に座すと、そっと訊ねた。

「御伽衆《おとぎしゅう》の詰所でございますよ。で、宗誾様は〝新入り〟でございますかな」

新左衛門が、にやりと笑って答える。

「いや……」

氏真は鳩尾《みぞおち》に重い石を落とし込まれたような気分を味わった。新左衛門は、くすくす笑う。

「上様（秀吉）はすでに四百人を超す御伽衆を抱えてございます」

「四百……」

「この部屋に通ってよいのは、特にお気に入りでございますよ。末は千人を目指すそうで……この部屋の座席欲しさに寵《ちょう》を競って血を見るやもしれませぬ。総見院（信長）様が茶器をお集めになられていたように、上様は使い物にならなくなった元武将ですとか、あるいは各道に精通している者ですとかを、蒐集して陳列するのがお好きなのでございますよ」

「………」

咄嗟《とっさ》には言葉も出ない。

「今川様はなかなかに珍品でござれば、さぞ欲しい一品でございましょうや。ほれ、前将軍昌山様とぜひにも並べておきたくなるお品と申しましょうか」

くくと新左衛門は肩を震わせる。

氏真の中で絶望感が這い上がってくる。

(なんという悪趣味なことを……)

実際は陳列して楽しんでいるのではなく、書物代わりに使っているのだろう。四百人の御伽衆を抱えるのは、四百冊の書物を所蔵するようなものなのだ……ということはわかる。だが、時に「珍品」を「陳列」することもあるだろう。そして新左衛門が指摘するように、自分は紛れもない「珍品」の類だ。

戸惑ううちに、「上様の御成り」という小姓の声が響き、秀吉がどかどかと足音を立ててやってきた。ざっとこの場に緊張が走り、一斉にみなが平伏する。氏真もそれに倣って平伏した。

「よいよい。ゆるりとせい。それより宗誾、宗誾はどこじゃ」

秀吉の声が頭上から降る。

「ここに」

氏真が声を上げて知らせると、数拍の後、眼前に秀吉がどかりと腰を下ろした。

「喜べ、二千石で召し抱えてやる。明日よりここに詰めよ」

ぎゅっと氏真の胸が痛んだ。自由に生きるということは何と難しいことなのか。膝を屈しなかった氏政を愚かと思った自分を、今は罵りたい気分だ。

なるほど、なにごとかの催し物の時にでも、前将軍と自分を並べて飾ればよい見世物だ。

眩暈《めまい》がする思いだ。

――有難き仕合せ……有難き仕合せ……有難き……

言うべき言葉が頭の中で繰り返されたが声にならない。

「どうした。なにゆえ黙っておる」

先刻まで機嫌のよかった秀吉の声に険が含まれ始める。この男は、寵愛していた千利休ですら梟首《きょうしゅ》した。愛妾のことも鋸引《のこぎりび》きの刑にした。容赦がない。自分ひとりのことですむならまだしも、妻子に類が及んだらと思うと断ることなど思いもよらない。

だのに、「有難き仕合せ」という一言がどうしても言えないのだ。

「それは……お断りできぬことでございましょうか」

(お前は何を口走っているのだ)

氏真は自分で自分を叱責した。

「なんじゃと。予に仕えるのを拒むと申すか」

秀吉の鋭い言葉が、鞭のごとく氏真に振るわれる。

(今ならまだ引き返せる)

そう思うのに、氏真の口をついて出たのは愚にも付かぬ戯言だ。

「上様を拒んでいるのではございませぬ。されど、それがしには夢がございます」

「夢じゃと」

「それを叶えるためには、どなた様であろうとお仕えしてはできませぬ」

「ふむ。夢とはなんじゃ。生半可なものでは首を刎《は》ねるぞ。されど予の心を動かしてみせれば考えてやらぬこともない。言うてみよ」

部屋中に緊張が走る。氏真が何と答え、秀吉がどう判断を下すのか、みな全身耳となって待っている。

氏真が口を開く。

「はっ。それがし、上様の生み出す泰平の世に、ただ、だらだらと何もせず、好きなことだけをして暮らしとうございます」

うっ、と横で曽呂利新左衛門が大仰に笑いを堪えた。が、こらえきれずにひゃひゃひゃひゃひゃひゃと奇妙な声で笑い始めた。

「宗闇、本気で申しておるのか」

「本気でございます」

平伏する氏真の剃り上げた頭を、扇が叩いた。秀吉がぽんっと軽快に一発叩いたのだ。

「噂に違わぬうつけじゃな。面を上げよ」

秀吉に命じられ、氏真は顔を上げた。いつか見た蕩《とろ》けるような笑みがそこにある。ただ、久しぶりに見た秀吉は、ぎょっとするほど老いていた。この年、世継ぎとなるはずの鶴松を亡くしたことと無縁ではないだろう。気落ちが顔に出ているのだ。

秀吉は、小姓に墨を持ってこさせると氏真を叩いた扇にさらさらと何事かを書き込んだ。

「これをやる。ん？　どうじゃ」

氏真に扇を寄越す。扇には秀吉の名以外はみな平仮名で、

『うちさねのわかままほうとうをゆるす　秀吉』

と認められている。

——氏真の我儘放蕩を許す　秀吉——

「これは……」

「好きに暮らすがよい。突き抜けた馬鹿は嫌いではないぞ。むしろよくそこまでのことが天下人の前で言えたと感心するわい。予の生ある限り、そなたの自由を請け合お

う。存分にうつけぶりを発揮できるよう四百石をくれてやるゆえ、これは拒むなよ」

と言って立ち上がった。

氏真は貰った扇を翳《かざ》し、

「有難き仕合せ」

今度は口にしたが、そのときにはもう秀吉は呵《わら》いながら部屋を立ち去っていた。

こうしてようやく本当に、氏真は自由を手に入れたのだ。

四

慶長十七（一六一二）年。氏真七十五歳の四月。

二十二年間を京で趣味三昧《ざんまい》に過ごした氏真は、久しぶりに旧領である駿府の地を踏んだ。天下人となった家康に呼ばれたからである。

あの後、二度の唐入りに失敗し、おそらく失意の中で死んだであろう秀吉に取って替わり、天下分け目の関ヶ原の合戦に勝利して次の天下人の地位を得たのは家康だった。家康は慶長八年に征夷大将軍に任命され、江戸に徳川幕府を開闢《かいびゃく》した。二年後には将軍職を子の秀忠に譲り、将軍職の世襲を世間に宣言した。

自身は大御所としてなお実権を握り続けている。慶長十二年にはかつて人質時代を過ごした駿府に戻り、秀吉の遺児秀頼のいる大坂城を睨みつつ、徳川幕府の体制強化に努めている。

一方の氏真は、和歌の号である仙巌斎で呼ばれることが多くなっていた。それだけ和歌の世界に生きたのだ。

元々体の弱かった長男範以《のりもち》は病死したが、一生だれにも仕えることなく、父に養われながら風雅の道に没入して過ごした人生は、この時代の一つの有り得ぬ「夢」の形だったろう。次男高久《たかひさ》は秀忠にお目見えを済ませ、千石を賜り、「品川家」として徳川家の旗本となった。今は江戸にいる。三男は西尾家を興し、四男は仏門に入った。

氏真と志寿だけが、いまだ夫婦睦まじく、京の四条で余生を過ごしていた。

氏真と家康の友誼《ゆうぎ》はいまだ続き、時おり会うこともあれば、二、三年くらい手紙のやり取りだけで過ごすこともある。徳川家臣らとの付き合いもずっと続いていた。石川家成など、今川人質時代に家康に付いて過ごした家臣らとは、特に親しかった。上洛してくれば酒宴のひとつもやる。氏真の周りはいつも笑いにあふれ、穏やかだった。

当時の歌壇は帝の後押しで活発化しており、才さえあればどんな身分の者も参加でき、一流の情報交換の場となっていた。そこでやり取りされる「世間の噂」を氏真は友である家康に伝えた。それだけでなく、時に「風聞」を作り上げて流すこともあった。もちろん他の勢力の手の者が混ざり込み、同じことをやっている。当時の歌壇はそういう場であった。

家康が「駿府に来ぬか」と手紙を寄越してきたのは、昨年のことである。隠居した駿府城に天守がとうとう完成し、

「いつかの約束を果たしたい」

と言ってくれたのだ。家康が駿府を完全に復興し、今川時代以上の繁栄をもたらしてみせるという約束である。

氏真は駿府に行くついでに、京を引き揚げて江戸へ下り、人生の終幕を子や孫に囲まれて、今度こそ何もせずにゆったりと過ごそうと考えていた。今年の頭、歌仲間が氏真のために別れの会を開いてくれた。人生最後の歌会である。

そして四月。

氏真は志寿を伴って駿府の地を踏んだ。尼姿で杖を突く志寿に添い、ゆっくりと歩いた。

家康の駿府は、今川時代を上回る賑《にぎ》わいを見せ、規模も大きかった。だが、そこだけがまるで異国なのではないかと思わせるような、ぱっとした華やぎと喧騒は氏真統治時代の駿府の方が勝っているだろうか。今は、家康の人柄を反映し、秩序がよく保たれ、どこか厳かだった。

「静謐そのものの、素晴らしい城下町じゃのう」

氏真は駿府城を訪ねる前に一通り志寿と歩いて回り、そう呟いた。志寿も、同じことを思ったようだ。

「本当に……ほどよく緊張感を保ち、されどどこかゆったりとして実に大御所様らしい懐の深い御城下でござります」

氏真は家康が用意してくれた宿所に志寿を残し、己れひとりが登城した。

出迎えてくれたのは弥八郎こと本多正信である。正信は二代将軍秀忠につき、代替わりにも揺るがぬ幕府の組織づくりに取り組んでいる。いつもは江戸にいるのだが、今日は家康に呼ばれたのだろう。

正信は家康を将軍職に就けるための朝廷工作を請け負ったが、その際、氏真も手を貸した。氏真の参加していた歌会が社交界の役割を果たしていたからだ。それだけではない。氏真の四男で僧の澄存は、権大納言中山親綱の猶子となり、関白を務めた近衛《この》稙家《えたねいえ》の息子道澄の愛弟子となっている。道澄の姪は帝の女院である。氏真には朝廷との強力な架け橋があったのだ。

この朝廷工作は徳川幕府の下で氏真の子孫が受け継ぎ、代々朝廷側との折衝に当たる「高家」に就任した。今川家は、幕府開闢《かいびゃく》に関わっただけでなく、二百六十五年後の江戸城開城の折も朝廷側との交渉に臨んでおり、その終焉《しゅうえん》にも大きく関与した。

駿府城を訪ねた氏真は、茶室へと案内された。

すでに家康がおり、共に入室した正信も末席に座した。これで雪斎の最後の弟子三人が、そろったことになる。あれから五十年以上が過ぎている。みな白髪が混ざり、皺も刻まれすっかり年老いた。が、この浮き沈みの激しい乱世にあって、眼前で多くの男たちが死んでいく中、三人ともが七十を過ぎるまで生き延びてここにいる。感慨無量であった。

ふと見ると、どこまでも青い香炉が床《とこ》に置かれている。いつか氏真が信長に献上した、駿府そのものの色を湛《たた》えた、かの青磁――千鳥の香炉だ。

「これは……懐かしい」

「総見院様がお亡くなりになった際、なにゆえか秀吉の手に渡っていたのだ。秀吉が死んだ後は高台院（ねね）様が持っておられたゆえ、特別に乞うて譲り受けた。焚《た》いているのは総見院様に倣い正倉院の蘭奢待《らんじゃたい》ぞ」

氏真は息を吞んだ。幾人かの権力者がその地位を誇示するかのようにこの香木を切り取った。家康も権力を握ったとたん同じことをしたのだろうか。どこか冷める思いで、

「そなたも切り取ったのか」

訊ねると、

「いや、切り取らぬさ。知っておるか。切り取る者には不幸があると言われておるぞ

うじゃ。これは、秀吉からの賜り品よ。ゆえに、ここですっかり燃してしまおう」

珍しく家康が悪戯っぽい目をした。

これだけのものを用意してくれた家康の心遣いが、氏真の胸に沁《し》みいる。が、家康の厚意はそれだけではなかった。

「今日呼んだのはほかでもない。これまでそなたに渡してきた五百石の扶持米を止め、今後は今川の旧領近江国野洲郡の五百石分を新たに知行地として宛てがいたく思うがどうじゃ」

扶持米から知行地になると、同じ五百石でも手元にくる分は少なくなるが、幕府として安堵《あんど》する以上、家康が死んでも氏真は貰い続けることができるし、氏真亡き後もその土地は子孫に受け継がれる。その代わり、「今川家」は正式に将軍家の旗本として組み込まれることを意味した。

もう少し若い時分に言われれば断っていたが、もう氏真も七十五歳。人生も終焉に近い今となっては、友の気持ちをそのまま受け取ることにした。

「まことかたじけない」

すでに次男高久が高家品川家を興していたから、氏真の子孫は徳川幕府下で、高家品川家と高家今川家の二家が存続することになる。そしてここにいる三人のだれも知る由もないが、両家とも幕府滅亡まで生きながらえるのだ。さらに、高久の次男の興す分家旗本品川家を加えると、氏真は未来に三家を繋いだといってよい。滅びた家が多い中、賤機山の麓《ふもと》で築き上げた誼《よし》み一つで「家」としても生き抜いたのだ。

なぜ家康はここまでしてくれるのか。今は、問わずともわかっている。氏真は心の中で何度でも、家康に深く感謝した。

氏真、家康、正信の昔話は自然と雪斎に及ぶ。

「あのとき師に『底が浅い』と言われねば、おそらく今の俺はおるまいよ」

と家康が語る。

「そうであるな。あの日の老師のお言葉から、すべてが始まったのじゃ。そして、戦いの無い世のためにやらねばならぬは、ひとえに天下を盗ることだと弥八郎が教えてくれた。俺はその答えの恐ろしさに身を震わせたが……次郎三郎はものともせずに成し遂げたのう」

感じ入る氏真に、

「未だよ。未だ泰平とはほど遠い」

家康は西方を見つめてその目を光らせた。そろそろ秀吉の遺児秀頼の始末をつける日が近いのだろう。

家康の点てた茶を、氏真と正信で喫し、そろそろ別れの刻限も近付いたころ。

「五郎、ずっとお主に訊きたかったのじゃが」

　家康が口を開く。

「もしも、好きな時から人生をやり直せるとしたら、お主ならどこからやり直したい」

「そうじゃのう……」

　それは胸の軋む、少々残酷な問いかけだった。

（愚かな俺の生涯をやり直せるならば……か）

　悔いがないはずはない。

　自分の不甲斐なさのせいで、多くの者が家を失い、家族を奪われた。死にたくなかった者たちを死に追いやった。己の言動が、今川に関わったすべての者たちの行く末を、大きく変えてしまった。

　後悔だらけの人生だ。

（されど……）

　大願は成就した。目の前の友が、多くのものを犠牲にし、心血注ぎ、氏真が待ち望んだ世をつくり出してくれた。

（十分だ）

「いや、俺は、俺の生きてきたままでよい。やり直さずとも……」

氏真はひと呼吸おいて、あとは迷わず言い切った。

「良い人生であった」

家康は一瞬、目を見開いたが、ふっとこの男が初めて見せる優しい笑みを浮かべた。

「五郎らしいな」

「そうじゃな、実に俺らしい」

氏真も破顔した。

「次郎三郎、馳走になった。美味い茶であった」

礼を述べて友のもとを後にした氏真は、黄昏《たそがれ》時の残照の中、家康のつくった駿府を味わうように、今度はひとりで歩いた。

家康の駿府は、今川の青とは違い、どこまでも黄金に輝いていた。

五

慶長十八年二月十五日。氏真にその一生を捧げ尽くした妻が逝こうとしている。八歳で嫁いで五十九年。志寿は六十七歳になっていた。

何か大病に侵されたわけではない。数日前に風邪を引いてからにわかに枕が上がらなくなった。食べ物が喉を通らず、みるみる体から力が抜けていった。

志寿を喪《うしな》うのは、ふいに暗闇の中に置き去りにされたような恐ろしさを伴うが、氏真には、少しでもと食事を口に運ばせ、なお頑張って生きよと奮い立たせるような真似はできなかった。

いったい、何を思って今日まで自分に付いてきてくれたのか。大大名の名家を滅亡に導いた男の傍らで、戦国の世はどう映っていたのだろう。

志寿は元々敏い女だったのに、ある日を境に氏真に意見することはなくなった。ただ、一心に氏真の進もうとする道を、共に寄り添って歩むことを選んだ。強い決意のもとに、そうしたのだと氏真は知っている。

生半可な道ではなかったろう。何度も、きっとこうすべきだと、喉から言葉が出かかったことだろう。不甲斐なく感じたこともあったろう。だが、志寿はすべてを呑み込み、氏真の決断の一つ一つを、きっぱりと受け入れてくれた。それが、どれだけ氏真に勇気を与えてくれたことか。

(感謝してもしきれはせぬ。この氏真に過ぎたる妻よ)

志寿が臥せってからずっと、氏真は付きっきりで手ずから身の回りの世話をした。髪を梳《す》き、体を拭き、粥を作り、手を握った。

志寿はうとうとと眠っていることが多かったが、今日が十五夜だと知ると、

「今夜は気分がようございます」

そう言って外に出たがった。

「外はまだ寒いゆえ、そなたの身体に障ろう」

何もかも志寿の思うようにさせてやりたかったが、さすがに二月の夜風に当たらせるわけにいかない。氏真は首を左右に振った。

「けれど、貴方様が下された月をもう一度だけ見とうござります」

志寿は引かずに盥《たらい》の月をねだった。それは辛かった時に二人で一緒に眺めた月であった。早川で震えながらも体を温め合って見た月は、やはり今日と同じ如月の月だった。

次の十五夜まで生きられそうにない志寿が、無理をしてでも見たい気持ちは氏真の心を揺さぶった。

だが……。

「父上、どうか母上の御心のままに……」

見舞いに志寿の部屋を訪れていた息子の高久が、母の願いを聞き届けてやって欲しいと口添えをする。命を縮めてしまうかもしれなかったが、氏真はとうとう承知した。

水を張った盥を用意すると、志寿を両手に抱えて庭に下りた。驚くほどの軽さが、氏真の心をかき乱した。

志寿は盥の中の月を眺め、それから肩を抱く氏真を振り返り、嬉しそうに微笑んだ。

「覚えておいでてございますか。あの日、母上よりも兄上よりも北条よりも、わらわは五郎様のお傍で仕合せになると誓ったのです」

「むろん、覚えておる。わしも後悔させぬと誓うたのじゃ。そなたにも、母君にも」

志寿は遠慮がちに氏真の胸元に自分の頭をのせ、体を預けた。

「わらわは……誓いを守りました。だからご褒美をくださりませ」

「何が欲しい。何でも言うてくれ」

氏真は焦る思いで訊ねた。志寿が何かを欲しがるのは初めてだった。志寿はうなずくと、体がきつくなったのか、少し息を乱しながら答えた。

「……幾たび生まれ変わっても……五郎様と歩んでいきとうございます……。だから、必ず次の世でも……志寿を見つけてくださりませ……」

氏真は固く志寿を抱き寄せた。

「約束しよう。幾たび別れようと必ずやそなたを探し出し、次もまた共に……」

語り切れぬうちに志寿の身体がぐったりと重くなる。それでも氏真は声を振り絞った。

「共に歩んで参ろうぞ」

盥の月が蒼白く輝く前で、氏真はしばらくの間、身じろぎ一つしなかった。

翌年、志寿を追うように今川氏真も永眠した。子や孫たち、そして弟妹に囲まれた穏やかな最期であった。

泰平の世を迎え、七十七歳の大往生である。

初刊本あとがき

氏真はずっと書きたい人物でした。何度か出版社に企画を持ち込んだことがあるのですが、必ず別の案が通ってしまい、なかなかGOサインをいただけないまま十数年が過ぎました。

執筆には「時が満ちる」という現象がありまして、「その時」が来ないと、うまくことが前に進んでいかないものなのです。だから、氏真はずっと「時が満ちていなかった」のでしょう。

このたび、静岡新聞社出版部の方から「今川関係の人物でどなたか書きませんか」とお話をいただきました。今度も弾かれるだろうかとおそるおそる「それなら氏真を――」と提案させていただきましたところ、「いいですね」とすんなりと書くことが決まったのです。「ああ、時が満ちたのだな」と思いました。

最初に書きたいと声を上げたときより、すばらしい研究家の先生方によって、ずいぶんと戦国時代の研究も進んでいました。氏真の和歌も新たに発見されました。このため、最初に抱いていた私の中の氏真像は跡形もなくなり、まったく違う印象の氏真がちょうど生まれたところでした。

　書きたいと望んだ十数年前に氏真を描いていれば、絶対に書くことのできなかった「氏真の物語」が、こうして出来上がったのです。「時が満ちた」結果です。長い間、企画が通らなくてよかったと、今では心から思います。

　執筆にあたって、静岡県在住の歴史作家、蒲原二郎先生に、史料についてアドバイスだけでなく、実際に幾つか提供していただきました。感謝の念に堪えません。この場を借りてお礼申し上げます。

　文書の見直しや発掘など、研究家の先生方のこつこつとした取り組みのおかげで、このところの歴史研究は、これまでの通説が、ずいぶんと覆されて参りました。

　蒲原二郎先生は、先入観で語られる歴史ではなく、出来得る限り正しい研究結果を地域の人たちと共に学んでいきたいと考えておられます。今年から歴史研究家の先生方をお招きし、勉強会を開催する取り組みに、着手されています。第一回目は六月に、『徳川家康と武田氏　信玄・勝頼との十四年戦争』の御著者である本多隆成先生を講師にお迎えし、開催されました。『今川氏滅亡』の御著者、大石泰史先生もご参加くださり、夢のように素晴らしい時間をつくってくださいました。

　勉強会での学びから、この小説が影響を受けたことはいうまでもありません。ありがとうございました。

また、氏真和歌の史料をご提供くださった島田市博物館の学芸員岡村龍男先生、掛川城の史料をご提供くださった織豊期城郭研究会の戸塚和美先生、まことにありがとうございました。最後になりましたが、編集を担当してくださいました静岡新聞社出版部の田邊詩野氏には、多くの我儘をきいていただき、またアドバイスいただきました。お礼申し上げます。

「だれも読んだことのない氏真」を、みなさまにお届けできたであろうと自負しております。手に取ってくださったみなさまが、お楽しみいただけると幸いです。

令和元年七月　自宅にて

秋山香乃

解説

平山 優
（歴史学者）

戦国大名今川家最後の当主今川氏真ほど、世情の評価が芳《かんば》しからぬ武将はいない。氏真につきまとう評価は、「暗愚」「柔弱」「文弱」などがその代表例であろう。こうしたイメージは、氏真死去直後の、かなり早い段階から流布《るふ》し始め、江戸時代には一般化し、今日に強い影響を及ぼしている。

その最たるものが、『甲陽軍鑑』である。同書は、武田重臣春日虎綱（いわゆる高坂弾正）の遺記をもとに、元和七年（一六二一）頃には今現在知られている内容が固められたものだが、そこには国を滅ぼす大名の四タイプ（「利根過ぎたる大将」「鈍過ぎたる大将」「弱過ぎたる大将」「強過ぎたる大将」）のうち、今川氏真は「鈍過ぎたる大将」の代表的人物として、父義元とともに厳しい批判にさらされている。この「鈍過ぎたる大将」は「馬鹿なる大将」と同じとされ、「うつけ」「たわけ」「ほれもの」（ぼうっとしていること）とも呼ばれる。同書によれば、芸能に心を奪われ、武芸を軽んじ、自分に迎合してくれる家臣のみを重用するようになり、佞臣《ねいしん》につけいられた人物だという。

また近世の早い段階で成立したとされる『松平記』にも、今川氏真は三浦右衛門（右衛門大夫真明）を寵愛《ちょうあい》し、その一族や知己を専ら登用したり、重用したため、家中の人心が離れたのだとある。また同書は、氏真が当時東海地方で流行した風流踊りにのめり込み、頬被りをして民衆の中に混じり、踊りに耽《ふけ》ったといい、寵臣三浦も太鼓を叩き、主君を盛りたてたという。

それでは、同時代人は氏真をどう評していたか。現在、彼についての評価を書き残しているのは、三条西実澄（のちの実枝）と武田信玄である。

今川氏の本拠駿府は、当時、公家や高僧が数多く滞在したことで知られ、京文化のサロンの観を呈していた。実澄は、その重要なメンバーであった。実澄は、永禄十二年（一五六九）三月、祝詞と和歌十首を、駿河国富士宮浅間神社に奉納しているが、祝詞の一節に「駿府の先主（今川氏真）は、政治を乱し、庶民の恨みを買った。叔父信玄はこのことを強く諌《いさ》めたが、彼は聞く耳をもたず、義兵（武田軍）を観ても驚かず、遂に国を失った。もし叔父と心を一つにし、君臣が心をあわせる努力をすれば、こんなことにはならず、国家は繁栄したであろうに」と記している。だが当時、実澄は、武田氏の庇護《ひご》下にあった。これは、信玄に強要されたか、忖度《そんたく》して書かれたものであることは想像に難くない。

また、甥氏真（彼の生母は信玄の姉定恵院殿）を追放した武田信玄は、元亀二年（一五七一）一月三日、北条綱成が籠城《ろうじょう》する駿河深沢城（御殿場市）に送った矢文の一節に「今川氏真と信玄は、骨肉の因縁浅からず。にもかかわらず、氏真は若輩ゆえか、滅亡の瑞相《ずいそう》ゆえか、これまでの友好を忘れ、わが宿敵長尾景虎（上杉謙信）と手を結び、武田を攻めようと企てた。信玄は、懸命に堪えてきたが、遂に我慢の限界に達し、駿河を攻め、累年の遺恨を散じた。氏真は、その行状を伝え聞くに、天道を恐れず、仁義を専らとせず、文も武もなく、ただ酒宴、遊興に耽り、武士や民衆の悲嘆を知らず、諸人の嘲《あざけ》りに恥じることなく、我《わ》が儘《まま》を押し通していた。どうしてこんな人物に国家を保つことができようか。信玄は氏真を倒そうとしたのではなく、天罰冥慮《めいりょ》によって自ら滅びたのである。そしてそれにより、氏真によって苦しむ人々を救ったのだ」と記し、氏真の大名としての資質を痛烈に批判した。だがいうまでもなく、これは侵略者信玄の言い訳に過ぎない。

未だに、こうした厳しい世評がはびこる江湖《ごうこ》に投じられた意欲作が、秋山香乃『氏真、寂たり』である。作者の描く氏真は、穏やかで心優しい性格で、しかもおよそ大名らしからぬ優雅さをもつ佇《たたず》まい故に、父義元の後継者としてはいささか見劣りすると周囲から批評される人物である。確かに氏真は、和歌や蹴鞠《けまり》などで、他の追随を許さぬ鬼才であるが、実は剣術と馬術にすぐれ、武勇自慢の武士とも難なく渡り合える力量の持ち主という意外な一面をも併せ持っていた。史実の氏真も、ほぼこれに近い人物であり、武芸においても一頭地《いっとうち》抜きん出た存在であったようだ。

氏真は、志寿（早川殿、北条氏康息女）という得がたい伴侶の理解と支えを受け、父義元戦死後の今川家建て直しに邁進《まいしん》する。彼は、今川家よりも「天下静謐《せいひつ》」という夢を抱く自身を柔弱と考え、これを封印し、織田信長や離反した松平元康（徳川家康）と鎬《しのぎ》を削る戦いに身を投じていく。だが、織田の流布する今川の悪評、無断で人質を処断してしまう家臣らの暴走、風流踊りに興じる氏真という身に覚えのない噂《うわさ》、家康と氏真の間で板挟みになった重臣関口夫妻の自刃、など彼にとっては不運としかいいようのない出来事の連続に、彼は次第に手足をもがれていく。そして、叔父武田信玄の野望の前に、氏真は国を失うことになる。だが、彼は今川家臣や民衆から軽んじられていたわけではなかった。なぜなら、氏真が駿府から懸川へ懸命の脱出を試みていたとき、彼は誰からも襲撃されることがなかったからである。だが、心ならずも、時流によって国が崩壊したとき、人々の主君への本心が露わになる。だが、氏真に付いていくことを断念した人々ですら、彼を殺そうとは思わなかった。この経緯を通じて作者は、家中の人々が、没落したとはいえ、氏真を名家今川の当主として、尊重しなければならぬ大切な存在として描写している。

その後、北条、徳川、織田と庇護者を変えつつも、彼は恥じることなく、堂々とおのれの生き様をさらし、身につけた諸芸を披露し、生きることを楽しんだ。父の宿敵織田信長の前で、蹴鞠を披露したとき、家臣朝比奈泰勝は、それを信長の悪意と考え、切歯扼腕《せっしやくわん》する。誰もが同意するであろう泰勝の言葉に、作者は氏真の次のような言葉を対置する。

「泰勝、思い違いをするでない。信長が我が父義元を討つのに何か卑怯《ひきょう》な手を使ったわけであるまいよ。海道一の弓取りといわれた義元に、知恵を絞って臨み、命を懸けての勝負で勝利を導いたに過ぎぬ。武門の出として、戦の中での遣り取りを引きずるでない」

この言葉は、本書を読み、氏真という人物の後半生を理解しようとする私たちをもはっとさせるものだ。「戦の勝敗は時の運」といわれるが、まさに命の遣り取りをする武将は、勝敗を越えて、そこを心の置き所にしなければ、その後の人生が拓けないのだ。氏真の生き様に、どこか清々しさを覚えるのは、作者が紡ぎだしたこの言葉に凝縮されているように思える。

氏真は、天下人信長にも一切の遠慮がない。信長が、武田信玄を使嗾《しそう》し、今川攻めを行わせたのは自分だと氏真に告白したあと、「かような男の前で蹴鞠など――貴様、さほどに命が惜しいか」と彼を蔑《さげす》む。これに対し氏真は、乱世を生きた武人としての相貌《そうぼう》を露わにし、秘めた武芸を発揮する構えを、実にさりげなく、立ち位置をわずかにかえただけで信長に示す。さしもの信長も、その意味に気づき、色を失う。

　氏真はその優位のまま、京の泉涌寺で邂逅《かいこう》した伯父象耳泉奘から教えられた亡父義元の宿願が、「天下静謐」であったことを信長に伝え、それを彼に託したいと告げる。争いのない平和な世、それこそが現世の浄土であり、それが実現できる希望を、氏真は信長に見いだしたがゆえに、喜んで鞠を蹴ったのだと、彼は臆《おく》せず信長に語る。

　この場面こそ、作者が解釈した氏真の後半生の真意だと思う。恩讐《おんしゅう》を越え、「天下静謐」の実現を見届けるという傍観者ではなく、それを果たすための役目を、どんな形であれ担っていきたいという、氏真の主体性の発露を、信長との息詰まる遣り取りをとおして、作者は自らの氏真への解釈を込めたように感じられる。

　かくして氏真は、権力者の前に立つ敗者ではなく、運命の変転に翻弄《ほんろう》されながらも、自ら封印した「天下静謐」という夢、しかもそれは図らずも父義元とも共有していた夢に向けて、懸命に生き抜こうとする挑戦者として描かれることになった。作者の筆の冴えと、ストーリーテラーとしての巧みさに、読者は大きく心を揺さぶられるに違いない。

　なお、史実の今川氏真についても、再評価の動きが始まっている。彼の領国統治の発給文書は数多く、その緻密《ちみつ》な指示、命令は、父義元に決してひけをとらない。また、織田・徳川方に庇護された後も、氏真を慕い集まった家臣らは「氏真衆」として、武田氏と戦い続けている。そこには、家臣から愛想を尽かされたという「暗愚」さは微《み》塵《じん》も感じられない。旧主氏真を、再び栄えある地位に押し上げたいという「氏真衆」の活動や、織田・徳川氏のもとでの氏真の位置づけは、なお多くの謎や課題を残している。だが、今現在の研究水準を鑑みても、『軍鑑』のいう「鈍過ぎたる大将」という評価は過去のものになったと、私は断言できる。

二〇二一年十二月

この作品は2019年9月静岡新聞社より刊行されました。

徳間文庫

氏真《うじざね》、寂《じゃく》たり

2022年1月15日 初刷

著者 秋《あき》山《やま》香《か》乃《の》

発行者 小宮英行

発行所 株式会社徳間書店

東京都品川区上大崎三―一―一 〒141―8202
目黒セントラルスクエア

電話 編集〇三(五四〇三)四三四九
販売〇四九(二九三)五五二一

振替 〇〇一四〇―〇―四四三九二

印刷
製本 大日本印刷株式会社

ISBN978-4-19-894706-4 (乱丁、落丁本はお取りかえいたします)